大风诗丛

徐向中 主编

牝窗映月

■ 黄亮 著

中国书籍出版社
China Book Press

图书在版编目（CIP）数据

轩窗映月 / 黄亮著． -- 北京：中国书籍出版社，
2023.11
　（大风诗丛）
　ISBN 978-7-5068-9647-4

　Ⅰ．①轩… Ⅱ．①黄… Ⅲ．①中国文学－当代文学－
作品综合集 Ⅳ．① I217.2

中国国家版本馆 CIP 数据核字（2023）第 216453 号

轩窗映月

黄　亮　著

策划编辑	毕　磊	
责任编辑	毕　磊	
责任印制	孙马飞　马　芝	
封面设计	郝　丽	
出版发行	中国书籍出版社	
社　　址	北京市丰台区三路居路 97 号（邮编：100073）	
电　　话	(010)52257143（总编室）　　(010) 52257153（发行部）	
电子信息	eo@chinabp.com.cn	
经　　销	全国新华书店	
照　　排	徐州盛景包装设计有限公司	
印　　刷	徐州市环城印刷有限公司	
开　　本	787mm×1092mm　1/16	
字　　数	1763 千字	
印　　张	138	
版　　次	2025 年 2 月第 1 版　　2025 年 2 月第 1 次印刷	
书　　号	ISBN 978-7-5068-9647-4	
定　　价	560.00 元（全 7 册）	

悠悠雅韵　浩浩诗风

——《大风诗丛》总序

　　徐州，自《徐人歌》《大风歌》而后，两千多年来，风骚灿烂，作家星布，代出奇才，不可胜数。徐籍大家刘邦、刘彻、刘交、韦孟、刘细君、徐悱、刘商、刘孝绰、刘令娴、刘禹锡、李煜、陈师道、刘端礼、刘彦泽、陈铎、马蕙、李向阳、阎尔梅、万寿祺、李蟠、张竹坡、孙运锦、张伯英、祁汉云、王学渊、韩志正、周祥骏等，光耀史册，激励后来。

　　新中国建立，特别是改革开放四十多年来，经济发展，社会进步，生活安定，舆论宽松，中央倡导弘扬优秀传统文化，推进精神文明建设，增强文化自信，故而吟诗填词，好者群出，一时比学赶帮，人才济济，结集成册，遂成时尚。近年来，徐州诗人荣获国家、省、市诗歌大奖者络绎不绝，所刊之诗词集，何止百部，真个前所未有。2013 年，徐州更是荣获"中华诗词之市"光荣称号，实为众星捧月之果，其华熠熠，遐迩争誉。

　　今年，柳振君、刘学继、王惠敏、李贤君、马广群、郑红弥、黄亮，联袂出版《大风诗丛》，这是徐州吟坛又一喜事。他们既有笔耕多年、声名远播的老手，也有写作不久，但才华颇深的中年，还有 1980 年代的后起之秀。笔者不揣浅陋，为作总序。因行文过长，遵出版社建议，故将所写每位作者的内容单独提出而各自成篇。

《轩窗映月》是黄亮的作品集，收格律诗词及自由体诗共 250 余首。他是学工科的，却也喜欢文学创作，从大学时代就开始笔耕，走上工作岗位也没间断，一直都在学习钻研，非常执著勤奋。集中内容，或钦仰先贤烈士、英雄模范，或讴歌国家大事，或珍惜亲情友情，还有读书感悟、山水旅游等，这是与其生活阅历相匹配的，所抒情感，都是发自肺腑的。

如：乡居

翠竹浥清露，和光满院庭。

娘如垒窝燕，朝夕酿温馨。

首句中的"浥"即"湿润"；次句中的"和光"即"柔和的光辉"。翠竹被清露濡湿更鲜翠，柔和的光辉充满房间和院落（这是养儿育女之地），母亲就像衔泥筑巢的燕子，家的和谐温馨，都是母亲朝夕忙碌创造的。作者用"翠竹""院庭"象征儿女及其成长的地方，用"露""和光""垒窝燕"象征母爱。转句之形象让人眼前一亮，比喻新颖，是一创造。此绝以景作铺垫，以议论做结，取景既切合又鲜明，手法含蓄，情景相融，虚实呼应，允称好诗。

如：蝉

高唱绿阴里，长欢烈日中。

岂嫌生命短，歌尽是丹衷。

咏物，既要切合物，还要不滞于物，即"不即不离"。本诗前三句均围绕蝉的特点来写，颇为得体，"唱""欢""岂嫌"又赋予人的情味，因蝉本身无此感受，这些是它的本能。结句的"丹衷"即赤诚之心，这是作者在抒发情志，全诗做到了物我合一，非常成功。

如：夏日盼雨

日头如火气如蒸，禾稼蔫巴鸟不鸣。

祈盼天公解民意，好将霖雨润苍生。

此绝写夏日酷暑，久旱盼雨。首句感受，大处着笔；次句物象，细处充实；转结体现忧患情怀，想的不是"小我"，而是广大的农民，作者有此仁心，令人称赏。

综观本集，作品蓬勃昂扬、积极向上，读之使人受益。作者非常年轻，而且谦敬厚道，又勤奋好学，一定会创作出更多的好作品。本集有笔者为序，再以一阕《画堂春》（通韵）激励：

雏鹰抱负欲凌云，毫端昼夜情亲。心泉汩汩吐清音，自在歌吟。

飞渡焉辞海阔，攀登偏爱峰尊。时光恰在艳阳春，芳草欣欣。

综括，七位作者的诗词集，基本体现了各自水平，所抒发的美好、真善、爱憎，都是发乎内心的，都有着明显的地域特色和时代特征，从中可以感受他们良好的文学修养以及深厚的生活积累。悠悠雅韵，浩浩诗风，本丛书的出版，也从一个侧面，印证了徐州诗坛创作的兴旺红火，但愿能得到读者的欢迎喜爱。

最后，谨以一阕《清平乐》为贺：

诗词七卷，各把真情献。尽敞胸襟歌美善，耀目缤纷灿烂。

欣逢家国隆昌，和风喜伴春阳。助力文明进步，绵绵心曲流香。

徐向中

2023 年 10 月

云帆抱负　家国情怀

　　2020年9月，徐州市工人文化宫为了提升我市企事业单位职工的文化素养，义务开办了诸如音乐、艺术等的培训班，格律诗词创作是其中一项，笔者受邀主讲该课，每周二下午两小时，共12次，黄亮参加了该课程的学习。一开始，人数很多，渐渐地，有些人产生了畏难情绪，认为难学，半途而废。黄亮却很有耐性和毅力，始终坚持，直至结业。他谦逊、好学、勤问，认真习作，每上一课，都有明显的进步，从此我们就熟悉了。

　　这之前，黄亮已有十余年的文学习作实践，那时，他大多写的是新体诗和随笔，也接触并尝试创作格律诗词。自从参加诗词培训班至今，不到三年，他就雕琢了近200首作品，发表在纸刊和微刊上的就达160余首，有些作品还被诗评家称赞，从中可以看出他的天赋、勤奋、刻苦、用功和专注。

　　本集收诗词210余首，格律诗的体裁都包含了，词牌也采用了十余个，这些都体现了黄亮在多种样式上的用心探究。笔者阅后，不禁感赋一律，以作褒扬和激励：

吟咏轩窗里，诗心映月明。

每消尘俗气，常伴竹风声。

百首宣襟抱，三年播义荣。

春来拓荒去，洒汗细耘耕。

作品中有不少是颂扬老一辈革命家、革命英烈、讴歌新时期卫国牺牲的守边军人的，如：瞿秋白、邓恩铭、林祥谦、萧楚女、陈树湘、杨靖宇、陈望道以及诗作《第九批志愿军遗骸回国感咏》《祭喀喇昆仑牺牲戍边英雄》等。如：

赞李大钊

刀丛播真理，绞死岂躬身？

喷血助星火，燎原天地新。

这首五绝，首句言李大钊是在什么样的环境中传播马克思列宁主义学说的，"刀丛"形容情势险恶。承句言他被反动军阀绞死时的大义凛然、宁死不屈。转句言其传播真理的作用，"喷血"谓其壮烈，星星之火之所以成燎原之势，这是无数仁人志士抛头颅洒热血换来的。结句递进，言其英勇献身的结果和意义，革命终于胜利、新中国艰难诞生，"天地新"，是高度概括。小诗结构紧凑，造语简洁凝练，形象贴切，含蓄有张力，高度颂扬了李大钊的品格气节和伟大贡献。

颂红军长征冻逝在雪山的军需处长（新韵）

棉袍供战士，自己却衣单。

冻逝冰山上，红心伴雪莲。

这首绝句，讴歌了军需处长的高尚品格。前三句实写、作铺垫，末句升华，虚实相映。雪莲之美，美得纯洁、美得长久。军需处长，虽死犹生，精神不朽。

赞陈树湘（新韵）

伤重岂投降，无声自断肠。

红旗融壮烈，气节比梅香。

红军师长陈树湘，在湘江战役中重伤昏死被俘，在敌人的担架上醒来后，强忍疼痛，用手从肚子伤口处插进去，拧断了肠子，宁愿自尽，绝不受辱。此绝一二句实写，转句虚实结合，"红旗"是实，"壮烈"是虚，党旗、军旗、国旗，融入了他壮烈的献身精神。末句进一步提炼，虚实结合，"气节"是虚，"梅"是实，梅的品格谁不敬仰，但陈师长的气节已经超过了梅，这种升华令人信服。

赞陈望道

忍饥忘我译宣言，暖暖春风荡九原。

甜粽墨香皆好味，一书掀得旧规翻。

陈望道早年翻译《共产党宣言》，全神贯注，吃饭时还在琢磨思考，以至于粽子蘸着墨汁吃竟浑然不觉。首句评议，次句比喻，三句叙议相融，末句延展，提炼升华，点明《共产党宣言》所起的伟大作用。它是中国共产党实行暴力革命的舵手，是行进在黑夜里的指路明灯，其伟大的精神力量是无与伦比的。

从以上四首的浅析中可以看出，绝句，一半实写，一半虚写，或虚实结合，尤其尾句，一定要拉开距离，深入挖掘表象下潜在的有内在联系的本质，挖掘得越透，提炼得越精警越好。

瞻仰碾庄圩战斗纪念馆之血染人桥

轰隆承炸弹，血路载洪流。

战士冲锋疾，民工破浪道。

丰碑心上竖，铁骨世间讴。

放眼新村美，安居遍小楼。

这首律诗，写得有声有色。首联、颔联叙事，描写人桥所处的环境和所发挥的作用，"洪流"象征过桥的部队；颈联上升到精神层面，能融进自我、景仰先烈，彰显和平生活来之不易和百姓的感念。尾联能用现实照应颈联，使虚化的精神落到实处。本诗情景调配和谐，中间两联既对仗工稳，又拉开了一定的距离。

在体现爱党爱国情怀、歌咏我国近年来举办的重大国际赛事和取得的高科技成就方面，有《贺中国共产党成立 100 周年》《观建党百年大会》《喜春来·贺北京冬奥会开幕》《贺神舟十三安全返回》《贺问天实验舱发射成功》《贺神舟十四发射成功》《感题第三艘航母下水》《赞神舟十二接对天和核心舱》等内容。如：

贺我国天宫站建成

空间一站耀华光，赤县凌霄环宇扬。

从此嫦娥不畏冷，温馨常驻有天仓。

本诗首句直入主题，前实后虚，前叙后议；承句同样，且在议论上更近一层。一二句融情入景不露痕迹。三句转得好，借助神话，提升趣味，尾句接住承句，使转句有据可依。此绝音韵和谐，流畅自然，一气呵成，简短的四句，就高度赞颂了我国在航天科技上取得的不凡业绩，令人骄傲自豪。

鹧鸪天·观冬奥会闭幕式有感

奥运精神冰雪传，寰球健将各争先。春风拂醉长城月，圣火燃迷北海天。

灯闪闪，柳翩翩。五环旗帜舞斑斓。谁能忘却今宵景？心结中华忆百年。

本词用形象的语言，诠释了冬奥会闭幕式的美景、温馨以及给各国运动员留下的难忘印象。一二句揭示主题；三四句描绘时令和环境，并用拟人化手法加以渲染，使其更具情味，以此来彰显我国的热情、真诚和胸襟气度；五六七句，用灯的闪耀、柳的起舞、五环旗的斑斓来讴歌如诗似画的场景；最后两句，用反问和应答，说明我国举办的冬奥会，为促进世界和平、增进相互了解、实现文化交融、传递文明友谊搭建了最好的学习交流平台。通过这一盛会，宣传了中华灿烂文明和优秀文化，展示了大国实力和精神风貌，参会的各国运动员会终生留下美好的记忆。三四句、五六句，对仗工整优美，双声叠韵词的运用，增强了美感，提升了作品的艺术品位。

作者非常珍视亲情，孝敬祖辈、父母。如：

秋夜有怀

蟋蟀吐心曲，桂花迷我香。

遥思故园月，明照祖居窗。

这是在桂花飘香的月夜，想念爷爷奶奶。一二句起兴，三四句抒情。二十字，意境深幽美好，抒怀含蓄蕴藉，能令人遐想和细细品味。

回故里垂钓

一塘村外碧，甩起鲫鱼肥。

献给高堂品，炊烟醉落晖。

首句说明故里在乡下，村外有池塘或是鱼塘，作者回乡垂钓并非闲情逸致，而是要孝敬双亲。前三句都是直写，末句用拟人手法进行渲染，含蓄地说明炖鱼的香味连落晖都醉了。落晖是红色的，这样类比是合情合理的。这里不直说高堂如何高兴快乐，而是用它物烘托垫衬，这就是诗要拐着弯说的妙处，能给人回味、品咂的余地。

作者喜交友，所交之友重在心灵契合，能经常互勉互励、共同激昂奋发。如：

春日登山赠将退老友

小鸟歌喉亮，红梅绿柳迎。

冬装身卸罢，健步向高行。

一二句，声色呼应，生机勃勃。转句既符合时令特点，又有言外之意，这是一种象征手法。老友就要退休，没有了工作压力，身心更加轻松。结句即有劝勉意味，虽然退休，仍大有可为，仍可在自己喜爱的兴趣或行业里继续攀登，这是在特殊语境里显示出的延伸意义。

雨后与仁兄弟登山感咏

甘霖频润泽，春色满山苏。

林翠欢群鸟，花繁绘锦图。

飞歌怀浩荡，举酒蔑崎岖。

同展鲲鹏志，沧瀛采玉珠。

好雨知时节，当春乃发生。雨后青山，林翠鸟欢，花团锦簇，此时与友登山，何其快哉。高歌一曲，胸怀浩荡，举酒痛饮，焉畏崎岖。诗中听觉、视觉、嗅觉、声、色、味融汇一处，情浓趣足。尾联高昂振拔，抒发了高远的情怀和远大的志向。这是一首物象密集、情景交融的佳作。

作者关爱底层百姓、草根疾苦，如：

咏建筑工人

炎夏钢筋炙，隆冬手脸皴。

晨劳鸡觉早，夜作月叹辛。

吃饭但求饱，回乡尽省银。

高楼成片耸，哪座可栖身？

城市中的建筑工，大多是农民工，他们离乡背井，进城干建筑，此种活计最为辛苦，爬高下低，水泥黄沙、脚手架，甚至悬空作业。他们为了多挣点钱，早起晚睡，吃饭尽量省，回家坐便宜车。此作首联实写劳作的辛苦，颔联将鸡、月人格化，用以烘托感叹。颈联描述生活上的节俭。尾联反问，他们建起了成片成片的高楼，哪座也没有他们的一居一室。本诗客观地反映出城乡的差别，体现出作者对建筑工人的怜惜和关爱，展示出作者的悲悯情怀。

作者善于借景抒怀、体物明志。如：

山　草

扎根石缝里，百态盎然生。

岂畏寒霜打，能扛烈日烹。

悄悄固水土，默默衬鲜荣。

只愿山峦美，何须要盛名？

此作借山草顽强的生存意志、坚毅不拔的吃苦精神、默默奉献的高贵品格、不求虚声的质朴素养，来比拟自己的追求，抒发自己的情怀。将山草赋予人格，起到了融情入物、含而不露的暗示效果。

全面解封得新冠感怀

妻夜泡红糖，娘晨煮白姜。

百堂无妙药，千户有良方。

柳叶风摇醉，梅花雪润香。

春光如更美，愿得一回阳。

新型冠状病毒疫情，肆虐三年，危害全球。我国因顾及经济发展、百姓生活等，不得不解封放开，因而致使大面积传染，作者也未能幸免。但他不抱怨、不嗟叹，而是以积极的心态、欢快的情绪治疗应对。由于心态昂扬，看到的景色也是蓬勃的、美丽的。尤其是他的真诚祈愿：如果因为他的"阳"能使春光更美，他愿意再"阳"一次，这是多么可贵的品格！

写诗最忌太粘滞、拉不开距离，没有空间感。怎样才能有空间感呢？那就是思维要跳跃，要句句巧转、大转。可以时间向空间、天文向地理、固体向液体、实向虚、情向理，等等，总之不要雷同或太近。以下面这首小绝为例。

秋分抒感

时光均昼夜，稻谷渐金黄。

何日我能此，小诗如菊香？

首句点题，含义是时间；次句宕开，写空间。这两句都是客观描述，起到"兴"的作用。三四句转入主观抒情，联想到就快秋收了，自己学诗、创作，什么时候也能在金秋芬芳呢？因为诗是通过逻辑思维来达到形象思维，"芬芳"在这里不具体、有些空，于是想到"菊"，时令和物象都切合，这样，"诗"与"菊"就可以紧密地相融了。这样就完成了由景到情的转换和跨越，抒情不空，联想有据，也有了给人品味的余地。

　　综观本集作品，能弘扬正气、讴歌真善、效贤慕良、尊师重道、珍惜亲情、呵护友谊，也体现了作者对生活高度的认知、热爱和深刻的感触，更展示了作者爱国爱乡爱家的诚挚情感和奋发向上的精神风貌，艺术上也达到了相当高的水准，短期内能取得这样的创作成绩，值得肯定和褒扬。作者还年轻，这只是一个良好的开端，只要坚持不懈，今后一定还会不断创作出一批又一批的优秀作品。

徐向中

2023 年 4 月 15 日

目 录 CONTENTS

七言绝句

五言律诗

七言律诗

词

新　诗

后　记

1

五言绝句

听徐向中先生诗词课有感
庚子除夕感题

听徐向中先生诗词课有感

秋风镀谷黄，丹桂著金妆。

我喜新收获，陶情诗韵香。

注：本诗作于 2020 年 10 月，发表于《彭城诗派》2020 年第 4 期。

庚子除夕感题

年近思家切，驰怀故里情。

新冠虽阻客，网络表心声。

注：本诗作于 2021 年 2 月，发表于大风歌诗友会微刊 2021 年第 7 期。

春日登山赠将退老友

小鸟歌喉亮，红梅绿柳迎。

冬装身卸罢，健步向高行。

注：本诗作于 2021 年 2 月，发表于大风歌诗友会微刊 2021 年第 9 期。

白居易问道感题

蓬卧松枝上，悬崖探谷深。

浮尘蒙太守，疑惑问禅林。

春日带儿童放风筝

黄鹂树间唱，嫩柳映波摇。

手拽风筝舞，童心乐九霄。

注：本诗作于 2021 年 3 月，发表于大风歌诗友会微刊 2021 年第 10 期。

读中共党史赞李大钊

刀丛播真理，绞死岂躬身？

喷血助星火，燎原天地新。

注：本诗作于 2021 年 5 月，发表于《彭城诗派》2021 年第 2 期，大风歌诗友会微刊 2021 年第 22 期，入选《〈彭城诗派〉2021 年度作品选》。

赞陈树湘（新韵）

伤重岂投降，无声自断肠。

红旗融壮烈，气节比梅香。

注：本诗作于 2021 年 5 月，发表于《彭城诗派》2021 年第 3 期，大风歌诗友会微刊 2021 年第 23 期。

高考绝句

日日汲书香，校园英气扬。

一朝鹏翼展，天宇任翱翔。

注：本诗作于2021年6月，发表于大风歌诗友会微刊2021年第24期。

夏日送女儿参加夏令营有感

总嫌行李少，两日独闲游。

才隔三千米，何言几度秋？

晚游金龙湖即景（新韵）

寂寂湖中岛，喳喳月下林。

忽闻风骤起，影乱捕蝉人。

注：本诗作于2021年7月，发表于《彭城诗派》2021年第4期，大风歌诗友会微刊2021年第30期。

祖母晒麦感题

稳步水泥院，来回晒麦忙。

行年将九十，身板傲炎阳。

注：本诗作于 2021 年 6 月，发表于大风歌诗友会微刊 2021 年第 25 期。

杨柳倒至湖中有感

倒后谁扶尔？飘飘醉卧泉。

游人夸好景，别有一番天。

秋　雨

声声催落叶，点点打窗多。

遥念地衣菜，家山采尽么？

注：本诗作于 2021 年 8 月，发表于大风歌诗友会微刊 2021 年第 35 期。根据名家点评修改后发表于《诗词》报 2022 年 8 月第 15 期，入选《〈彭城诗派〉2021 年度作品选》。

英子点评：前两句以"催落叶""打窗多"侧面表现秋雨；转结跨度极大，"遥念地衣菜，家山采尽么"由秋雨想到采地衣，含蓄地表达了思乡之情，这是秋雨带来的思念。全诗借景抒情，写法含蓄。

秋夜有怀

蟋蟀吐心曲，桂花迷我香。

遥思故园月，明照祖居窗。

注：本诗作于 2021 年 9 月，发表于《彭城诗派》2021 年第 4 期，大风歌诗友会微刊 2021 年第 37 期，入选《〈彭城诗派〉2021 年度作品选》。

中秋露台望月怀远

天地尽清光，充盈桂子香。

不知衣露湿，一任夜风凉。

注：本诗作于 2021 年 9 月，发表于《彭城诗派》2021 年第 4 期，大风歌诗友会微刊 2021 年第 38 期。

颂杨靖宇

抗日卧冰雪，饥寒断草根。

牺牲惊寇胆，壮烈动乾坤。

注：本诗作于 2021 年 12 月，发表于大风歌诗友会微刊 2021 年第 52 期。

秋分抒感

时光均昼夜，稻谷渐金黄。

何日我能此，小诗如菊香？

注：本诗作于2021年9月，发表于《彭城诗派》2021年第4期，大风歌诗友会微刊2021年第39期，入选《〈彭城诗派〉2021年度作品选》。

雷海基点评：上联写了两个秋分日的物象，下联乘势抒情发意，我的诗能不能像秋天的菊花一样香，被社会喜爱？写景形象，抒情有据。

夜游青岛栈桥

月照长虹醉，涛飞海欲狂。

飘然轻步我，好似驭龙翔。

注：本诗作于2021年10月，发表于大风歌诗友会微刊2021年第42期。

携友陈聪梁寨渊子湖畔摘苹果

烟波迷翠柳，白藕戏鱼游。

霞染人间果，湖风醉暮秋。

颂红军长征冻逝在雪山的军需处长（新韵）

棉袍供战士，自己却衣单。

冻逝冰山上，红心伴雪莲。

注：红军长征翻越云中雪山时，一位身穿薄衣的同志冻死了，将军要责问军需处长，有人告诉他，被冻死的就是军需处长。

本诗作于 2021 年 5 月，发表于大风歌诗友会微刊 2021 年第 21 期。

中　秋

明月秋边瘦，乡愁梦里长。

情思无远近，微信表心肠。

回故里垂钓

一塘村外碧，甩起鲫鱼肥。

献给高堂品，炊烟醉落晖。

注：本诗作于 2021 年 12 月，发表于《彭城诗派》2022 年第 1 期，大风歌诗友会微刊 2021 年第 51 期。

早　春

风染群山翠，冰溶河水清。

村翁驱鸭返，柳笛奏春声。

注：本诗作于 2022 年 2 月，发表于大风歌诗友会微刊 2022 年第 8 期。

赞中共一大代表邓恩铭

高擎镰斧帜，推起罢工潮。

壮烈头颅掷，烘然腐朽烧。

注：本诗作于 2022 年 1 月，发表于大风歌诗友会微刊 2022 年第 3 期，
《彭城诗派》2022 年第 1 期。

神舟十三返回有感

大漠黄沙舞，神州绿水歌。

喜迎天上客，羡煞是双驼。

收蒜即景

新机欢突突，布谷语悠悠。

堆起如山蒜，老农眯笑眸。

注：本诗作于 2022 年 5 月，发表于大风歌诗友会微刊 2022 年第 22 期，《彭城诗派》2022 年第 3 期。

赠老友李建喜

才搬左邻屋，总进右家门。

一别十年事，何人诉苦言？

注：本诗作于 2023 年 2 月。

参观彭城地下博物馆

石碑传古韵，藤坝记灾情。

水井与陶片，先民日子明。

注：本诗作于 2022 年 9 月，发表于大风歌诗友会微刊 2022 年第 36 期。

中秋夜与发小郑友亮叙旧

赠我中秋月，酬君故里情。

连杯聊往事，不觉已鸡鸣。

注：本诗作于 2022 年 9 月，发表于大风歌诗友会微刊 2022 年第 38 期。

咏蜘蛛人

匠心千丈起，生命一丝悬。

危凳泰然坐，扶云可洗天。

注：本诗作于 2022 年 10 月。

别　友

老酒心头暖，残阳西岭融。

与君言不尽，何日接归鸿？

注：本诗作于 2022 年 11 月，发表于大风歌诗友会微刊 2022 年第 48 期。

冬日梦与已退老友高润杰故黄河垂钓

西岸老桐黄，东堤翠柳长。

喊来钓明月，盛满一箩筐。

注：本诗作于 2022 年 11 月。

初雪有题

霄汉银花落，清新一净尘。

枝丫皆玉蝶，望去满园春。

注：本诗作于 2022 年 11 月，发表于大风歌诗友会微刊 2022 年第 50 期，铜山诗协微刊 2022 年第 23 期，《彭城诗派》2023 年第 1 期，入选《〈彭城诗派〉2022 年度作品选》。

璇紫学校因材施教题赞

童心皆可爱，花蕾色非同。

培育法相异，禾苗各郁葱。

注：本诗作于 2022 年 6 月，发表于大风歌诗友会微刊 2022 年第 28 期，《彭城诗派》2022 年第 2 期名家点评栏目，入选《〈彭城诗派〉2022 年度作品选》。

英子点评：此绝选材独特，善用比喻手法表现"因材施教"的效果，虽然比喻并不新奇，但避免了直白化倾向。

蝉

高唱绿阴里，长欢烈日中。

岂嫌生命短，歌尽是丹衷。

注：本诗作于 2023 年 8 月。

乡　居

翠竹浥清露，和光满院庭。

娘如垒窝燕，朝夕酿温馨。

注：本诗作于 2023 年 10 月，发表于大风歌诗友会微刊 2023 年第 43 期。

安全东点评：此小绝前二句是"乡居"，后两句是"感母"。前景而后情，俱稳称而紧切。尤以转结之喻新特出彩，道人所未道，亮人眼目。

邳州古银杏园观联姻树

沟阻千枝绕，根连万石穿。

两心若相惜，何必索姻缘？

注：本诗作于 2023 年 11 月，发表于大风歌诗友会微刊 2023 年第 48 期。

半隐庐点评：一阻一连，一绕一穿，炼字费了工夫。只是沟何以阻得枝绕？次句似亦可作根穿万石连。转结出意。

邳州古银杏园观抗战树

掩体茂林里，炮轰双干生。

虽枯魂尚在，根固永昌荣。

注：本诗作于 2023 年 11 月。

2

七言绝句

咏 菊

千株万朵向寒开，浸染风霜傲骨抬。

笑看繁花皆萎落，招蜂引蝶岂长哉？

注：本诗作于 2020 年 10 月，发表于《彭城诗派》2020 年第 4 期。

中秋感怀

蜂迷蝶恋桂花香，鸿雁云中奔故乡。

最喜团圆明月夜，亲朋肴酒话家常。

注：本诗作于 2020 年 10 月，发表于《彭城诗派》2020 年第 4 期。

无 题

如来问语拈花意，佛本无言妙法门。

唯有摩柯尊者笑，灵心相印自无痕。

注：本诗作于 2020 年 10 月，发表于《彭城诗派》2020 年第 4 期。

寒露劝友人

天寒露坠西风烈，误打窗扉琐事鸣。

自古男儿心海阔，莫谈离散了无情。

九月初二宕口寻菊（二首）

其一

闲游山涧秋光醉，宕口寻花碧水汀^①。

踏遍红桥询绿柳，无心落下两三亭^②。

注：①宕口公园内有日潭、月潭、星潭，其水均如深绿色美玉。汀，为潭边的小路。②宕口公园峰回路转，几个亭子布置比较分散，需辗转往返，路程较长。

其二

三潭碧玉松间绕，路转峰回抱水莲。

远客寻花问秋月，陶然亭外绿棠前。

重阳露台观菊寄祖父母

露台闲坐琴声远，欲借西风寄故乡。

耄耋金装神气好，恰如秋菊傲寒霜。

注：本诗作于2020年10月，发表于《彭城诗派》2020年第4期，入选《〈彭城诗派〉2021年度作品选》。

咏残荷（新韵）

残荷屹立清波里，蓬坠如灯叶似钟。

染尽寒霜成墨画，恰闻黄鸟挽秋声。

咏樊哙

鸿门舞剑惊高祖，竖发横眉怒项王。

樊井留痕评旧事，恩施沛泽万年香。

注：本诗作于 2020 年 12 月，发表于《彭城诗派》2021 年第 1 期。

咏歌风台

酒酣击筑豪歌荡，百二孩童逐梦飞。

后辈建台思汉祖，当为华夏再争辉。

注：本诗作于 2020 年 12 月，发表于《彭城诗派》2021 年第 1 期。

无　题

湖畔桃花爱暖风，涟漪叠起似愁丛。

何时明月陪君醉，孤影无声映水中。

庚子年冬至日感怀（新韵）

黄河故道霓灯醉，两岸梧桐叶似金。
冬至年年嫌日短，梅花开遍不愁春。

岁末大雪有感

斜看北风吹碎雪，琼花玉叠裹霾尘。
无声偏向千衢落，梦里时听扫路人。

扶贫颂（新韵）

扶贫喜讯神州布，致富豪情民众欢。
翘盼明朝添异彩，共追美梦谱新篇。

读孟骥诗词专辑有感

人杰地灵称沛泽，微湖百里好风情。
壮心老骥传诗教，桃李三千遍地荣。

辛丑正月初五即事

春节家园喜气流，接亲待客乐悠悠。

今天福袋都开启，美酒杯杯贺国牛。

注：本诗作于 2021 年 2 月，发表于大风歌诗友会微刊 2021 年第 8 期

劝友邻（新韵）

些微琐碎何须怨，有事还托好比邻。

出外相逢夸你我，和颜悦色一家人。

注：本诗作于 2021 年 3 月，发表于大风歌诗友会微刊 2021 年第 12 期。

祭喀喇昆仑牺牲戍边英雄

自古戍边多任重，少年浩气斗风霜。

界碑固守千家福，血洒昆仑卫国疆。

春夜游秦淮

十里秦淮灯影碎，朦胧映水水流光。

六朝更迭无风月，且把今春付酒香。

故里老院即景

柳棉飘舞醉春光，燕子来回捕食忙。

嫩韭青鲜油菜老，槐花一树透心香。

注：本诗作于 2021 年 5 月，发表于大风歌诗友会微刊 2021 年第 19 期。根据名家点评修改后发表于《诗词》报 2022 年 8 月第 15 期，入选《〈彭城诗派〉2021 年度作品选》。

郎晓梅点评：四句四景经典佳作，前人有杜甫《绝句》："迟日江山丽，春风花草香。泥融飞燕子，沙暖睡鸳鸯。"纯客观场景描写，无一字着主观色彩。《故里老院即景》第一句"醉春光"主观感觉插入破境不佳。另外，此诗写柳绵、燕子、韭菜、油菜、槐花等春日物象，表现春日老院热闹、充满生机，借此传达身心愉悦的感受的方法值得嘉许。

读中共党史赞陈望道

忍饥忘我译宣言，暖暖春风荡九原。

甜粽墨香皆好味，一书掀得旧规翻。

注：本诗作于 2021 年 4 月，发表于大风歌诗友会微刊 2021 年第 17 期，《彭城诗派》2021 年第 2 期。

读中共党史赞林祥谦

罢工怒吼传京汉，虽缚凡躯铸党魂。

头断血流终不复，唯将白雪覆乾坤。

注：林祥谦，1922年加入中国共产党，任京汉铁路大罢工江岸地区负责人。敌人以死威逼其下令复工，林祥谦断然拒绝，惨遭杀害。林祥谦就义当天，天降大雪。

题大沙河苹果园

秋染园林赞化工，灯笼高挂比花红。

来宾喜品甘甜果，百姓欢欣收获丰。

注：本诗作于2021年5月，发表于《彭城诗派》2021年第3期。

读中共党史赞萧楚女（新韵）

楚楚动人黑大汉，勇播星火照乾坤。

蜡烛燃尽布光热，融尽寒冰迎暖春。

赞张人亚

衣冠冢下存真理，一片丹心护党章。

孤守义坟三尺土，遍留忠骨满山冈。

注：本诗作于 2021 年 5 月，发表于《彭城诗派》2021 年第 3 期。

赞瞿秋白

江南一燕领春潮，赤羽披霞尾似刀。

剪断寒风鸣破晓，日升泥暖筑新巢。

注：瞿秋白曾有诗云"我是江南第一燕，为衔春色上云梢"。

本诗作于 2021 年 7 月，发表于《彭城诗派》2021 年第 3 期，大风歌
诗友会微刊 2021 年第 27 期。

洪灾肆虐所见

疑是天河水涨崖，决堤倾泻任哗哗。

警民携手斗洪浪，一静狂飙欣万家。

注：本诗作于 2021 年 7 月，发表于大风歌诗友会微刊 2021 年第 31 期。

教师节寄恩师

三尺讲台谈世界，育人立德爱为先。

课堂百味甘尝遍，盼得鸿飞入九天。

喜闻孟晚舟女士归国

枫红月白花含笑，云海潮波喜贺鸣。

万里飞来霞彩绚，故园处处颂归程。

浪花赞

争做潮头抛尽沙，欢歌湖海乐天涯。

盛开四季虽无果，可振精神奋万家。

青岛石老人浴场观感

风掀白浪激飞花，笑傲潮头漫岸沙。

断续簇开人感奋，更奔远海闯天涯。

注：本诗作于 2021 年 10 月，发表于大风歌诗友会微刊 2021 年第 41 期。

乡间过年

爆竹迎春一片红，啪啦噼里醉和风。

声声相伴荧屏乐，户户团圆笑语中。

注：本诗作于 2022 年 2 月，发表于《彭城诗派》2022 年第 1 期。

岁末落雪即兴（新韵）

长夜风声撕破晓，喜瞧岁暮落琼英。

轻飞曼舞花仙醉，敢叫青天做幕屏。

题梁寨渊子湖

四两青丝难见底，一湖莲叶可撑天。

任他深浅终浮水，散得清香醉众仙。

注：本诗作于 2021 年 11 月，发表于《彭城诗派》2022 年第 1 期，大风歌诗友会微刊 2021 年第 47 期。

赞王尽美

齐鲁苍松傲雪冰，励新学会唤民醒。

青春热血救华夏，一片丹心永世馨。

正月初七逢雪送友人马明

此去前途无限好，良田何处不耕耘。

莫言春雪能留客，尚有梅花可赠君。

注：本诗作于 2022 年 2 月，发表于大风歌诗友会微刊 2022 年第 7 期。

访张山人故址

一路青阶玉蝶飞，山人放鹤几时归？

亭中若饮千杯少，醉卧闲云伴落晖。

注：本诗作于 2022 年 7 月，发表于大风歌诗友会微刊 2022 年第 30 期，《彭城诗派》2022 年第 3 期。

贺神舟十三安全返回

一束极光破寰宇，千平巨伞降神舟。

莫疑天外飞来客，华夏英雄奏凯收。

注：本诗作于 2022 年 4 月，发表于大风歌诗友会微刊 2022 年第 17 期，《彭城诗派》2022 年第 2 期。

立夏日抒怀

霞染碧波莲叶嫩，蛙声燕语谱成歌。

杨花似懂暖风意，落入池中伴白鹅。

注：本诗作于 2022 年 5 月，发表于大风歌诗友会微刊 2022 年第 19 期，《彭城诗派》2022 年第 3 期。

岁梢漫步故黄河有感

两岸梧桐红叶冷，故河十里换冬妆。

年终又觉光阴短，岁首重看日月长。

贺问天实验舱发射成功

拔地巨龙如海啸，擎天光柱踏云翔。

银河两岸流萤美，频赞嫦娥宫殿长。

注：本诗作于 2022 年 8 月，发表于大风歌诗友会微刊 2022 年第 33 期。

七言绝句

贺神舟十四发射成功

探秘长空又接班，英雄三位越云关。

天公惊赞中华号，喜待梅开冲雪还。

注：本诗作于 2022 年 6 月，发表于大风歌诗友会微刊 2022 年第 24 期，《彭城诗派》2022 年第 3 期。

谢友杨龙

立秋数日热难平，吹着空调赞友情。

送我葡萄遇风雨，车穿闪电伴雷鸣。

注：本诗作于 2022 年 8 月，发表于大风歌诗友会微刊 2022 年第 34 期。

与友小酌

故友北来衣薄冷，闽南十月暑犹隆。

不知彭地春秋短，早有寒霜染叶红。

注：本诗作于 2022 年 10 月，发表于铜山诗词协会微刊 2022 年第 21 期。

大学同学久别小聚

十五年来争日月，八千里外赛风云。

何时重演青春戏，不恋光阴但惜君。

注：本诗作于2022年10月，发表于铜山诗词协会微刊2022年第22期。

冬日游云龙山曦亭寄五弟戴师

阶旁红叶赛繁花，枝缝白光穿锦霞。

几只斑鸠松下逐，暮寒别忘早还家。

注：本诗作于2022年11月，发表于铜山诗协微刊2022年第23期。

与友吴长勇摘苹果有寄

梁寨清湖洗白霜，园中硕果比红妆。

三杯不觉夕阳下，再摘千斤妒月光。

梁寨访道士不遇

携友寻才五姓庄，渊湖捉鳖美名扬。

千村传道粉丝众，何问天师住哪方？

七言绝句

流言感怀五首（新韵）

其一

家有庄园不靠山，果香土沃使人馋。

但凡红紫尽摘去，便剩枯皮养我田。

其二

酷暑严秋寂寞开，暮冬残骨不当柴。

枯蓬冰锁仍高立，心眼低垂望雪白。

其三

松根岂怕深岩覆，梅骨何愁大雪吞。

野谷横风吹不倒，旧皮更喜落新痕。

其四

醉赏流星破天宇，勇磨大气释浮尘。

纵然落地比金贵，莫毁良田别害人。

其五

新开花圃搭篱落，芽嫩根轻怕鸟啄。

唯待枝深好颜色，橙红黄紫任谁说。

题显红岛

百步洪南泗水洲，千年故道日奔流。
苏姑大义献身去，却得红袍万古讴。

贺我国天宫站建成

空间一站耀华光，赤县凌霄环宇扬。
从此嫦娥不畏冷，温馨常驻有天仓。

注：本诗作于2022年12月，发表于大风歌诗友会微刊2022年第51期。

春　溪

一弯激水触岩白，能洗烟尘濯泥苔。
两岸青红问深浅，春风何处最先开？

注：本诗作于2022年2月，发表于铜山诗协微刊2023年第4期。

京沪高速过宝应县观油菜花有感

庭前油菜盍然开，半亩花田迎客来。
苦恨隔栏无出口，但看宴罢暮云催。

注：本诗作于2023年3月，发表于铜山诗协微刊2023年第6期。

夜宿山村民居

雅院茶花饮仙露，小楼云阁赏莺歌。

破晓忽闻耕者唱，听来句句润心窝。

注：本诗作于 2023 年 5 月，发表于大风歌诗友会微刊 2023 年第 23 期。

夏日盼雨

日头如火气如蒸，禾稼蔫巴鸟不鸣。

祈盼天公解民意，好将霖雨润苍生。

注：本诗作于 2023 年 8 月。

教师节忆我师

千声起立传天际，万句叮咛到海隅。

三尺讲台聊梦想，一支粉笔画前途。

注：本诗作于 2023 年 9 月，发表于铜山诗协微刊 2023 年第 19 期。

游黄楼公园怀苏轼

苍松翠柏绕黄楼，碧水白云辉铁牛。

五省通衢传故事，苏堤两岸绿荫稠。

注：本诗作于 2023 年 7 月，发表于大风歌诗友会微刊 2023 年第 33 期。

3

五言律诗

小雪日游邳州艾山

姚村银杏落，折向九龙山。

白玉浮雕秀，观音壁刻颜。

众生圆梦去，百子戏弥还。

人世虽艰险，苍穹亦可攀。

注：本诗作于 2020 年 11 月，发表于《彭城诗派》2021 年第 1 期。

元旦劝友人侯飞

前世携红叶，今生共白头。

夫妻相与过，星月永同游。

味淡平千怨，情浓解万愁。

君前花未老，酒醉唱关鸠。

咏　蝉（新韵）

幼虫居地久，破土一朝鸣。

深夜脱金甲，清晨抖玉翎。

常吟千古月，频送万家声。

不愿飞高远，儿孙满地荣。

注：本诗作于 2020 年 11 月，发表于《彭城诗派》2021 年第 1 期。

清明回家偶书

风摇池畔柳，春暖岸边秧。

燕戏明前雨，花飘故里香。

少年寻梦远，老大醉情长。

偶遇邻家子，开门报客忙。

瞻仰碾庄圩战斗纪念馆之血染人桥感题

轰隆承炸弹，血路载洪流。

战士冲锋疾，民工破浪遒。

丰碑心上耸，铁骨世间讴。

放眼新村美，安居遍小楼。

注：本诗作于 2021 年 4 月，发表于大风歌诗友会微刊 2021 年第 15 期。

山　草

扎根石缝里，百态盎然生。

岂畏寒霜打，能扛烈日烹。

悄悄固水土，默默衬鲜荣。

只愿山峦美，何须要盛名？

注：本诗作于 2021 年 5 月，发表于《彭城诗派》2021 年第 3 期，大风歌诗友会微刊 2021 年第 20 期。

五言律诗

盛夏写意

碧宇炎阳照,风来暑热扬。

蝉鸣抒浩气,燕语乐明堂。

心慕莲花色,情亲诗韵香。

晚霞红染水,蛙鼓醉波光。

注:本诗作于 2021 年 6 月,发表于《彭城诗派》2021 年第 3 期,大风歌诗友会微刊 2021 年第 29 期。

暮夏宕口公园即景

幽谷传禽曲,林泉听牧歌。

金蝉声若笛,粉蝶舞如波。

燕戏山前柳,蛙鸣雨后荷。

陶公何采菊,频问种花婆。

注:本诗作于 2021 年 7 月,发表于大风歌诗友会微刊 2021 年第 32 期。

初秋登云龙山寄老友

蝉鸣秋日爽,蟋曲奏寒声。

叶落不无喜,云消必有晴。

青苔妆岸谷,薄雾润山坪。

莫念川途绝,驰眸又一程。

赞神舟十二接对天和核心舱（新韵）

探宇强国梦，神舟再启航。

腾云托旭日，接站驻天舱。

浩浩通千域，威威兆万方。

何言空架子？三室做书房。

注：本诗作于 2021 年 6 月，发表于大风歌诗友会微刊 2021 年第 26 期。

秋日回故里夜宿

家燕离巢久，庭棠落叶深。

月迷蝉翼影，露润夜花心。

往事融千味，乡风孕万笺。

床前闻促织，句句盼儿吟。

注：本诗作于 2021 年 8 月，发表于大风歌诗友会微刊 2021 年第 33 期。

露台望月有感

露坠清风起，星移皓月扬。

车声迷夜色，蟋曲唤晨光。

燕赞新居美，花思故里香。

谁敲咱院宅，家狗吠汪汪。

五言律诗

游金龙湖

蜻蜓贪暮色，山雀觅余晖。

浪滚霞云转，风扶白鹭飞。

竹声清醉月，蟋曲漫萦帏。

莫恋湖光晚，人随夜露归。

注：本诗作于 2021 年 8 月，发表于《彭城诗派》2021 年第 4 期， 大风歌诗友会微刊 2021 年第 34 期，《诗词报》2022 年第 21 期，入选《〈彭城诗派〉2021 年度作品选》。

雷海基点评：尾联是诗的重点，"莫恋湖光晚"，是作者要表达的主题。为牵引出这个主题，前面着意描写金龙湖景色之美。爱恋美色是人之所欲，然而可恋却不可过分，过分了就是贪，应把握好度，适可而止。

赠友人高翰

飞鸿寻梦远，一去未曾归。

幽菊难留色，青云易镀辉。

凤鸣何必羡，月缺不应唏。

江水源高处，重洋搏浪矶。

注：本诗作于 2021 年 9 月，发表于大风歌诗友会微刊 2021 年第 40 期。

湖畔有怀

波伴月光舞，风弹竹叶琴。

遥闻雁飞远，俯视鲤潜深。

丛草已凝露，泪珠偷滴襟。

石阶默然坐，谁可解吾心？

注：本诗作于 2022 年 9 月，发表于大风歌诗友会微刊 2022 年第 40 期。

深冬游宕口公园遇友人宋志举

山林笼暮色，云雾散高台。

翠鸟衔鱼返，寒波触岸回。

方看新月起，恰见故人来。

热语聊难尽，争将酒馆开。

注：本诗作于 2022 年 1 月，发表于大风歌诗友会微刊 2022 年第 5 期，《彭城诗派》2022 年第 2 期，入选《〈彭城诗派〉2022 年度作品选》。

半隐庐点评：诗扣题而展开，逐次写来，井井有条。前四叙景，就傍晚敷笔，一笼一散，一衔一触，景物安恬而祥和，颇具画面感。颈联绾合人物，由望月到见故人，出语亦轻快自然。

感题第三艘航母下水

彩带迎风舞，红旗向海飘。

掷瓶击洪浪，鸣响落云霄。

昨梦北洋勇，今看新舰骄。

滔滔声不绝，日日挽狂潮。

注：本诗作于 2022 年 6 月，发表于大风歌诗友会微刊 2022 年第 27 期，《彭城诗派》2022 年第 3 期。

雨前登云龙山

炎炎日光灼，曲曲石阶长。

松下听蝉语，径边赞蚁忙。

黑云天外吼，白鸟水间翔。

放鹤亭前坐，看它风满冈。

注：本诗作于 2022 年 7 月，发表于大风歌诗友会微刊 2022 年第 29 期。后根据方家点评意见，"乐"改成"语"，"钦"改成"赞"。入选《〈彭城诗派〉2022 年度作品选》。

雷海基点评：前六句写雨前景形象，尾联有意蕴。"放鹤亭前坐，看它风满冈。"一副超然神态，风雨欲来，我自气定神闲，是一种豪气，也是乐观。

忆携友侯飞过胶州湾大桥

天长红日暖，水阔白鲨腾。

船靠浪沉起，鸟随风落升。

车中谈友谊，窗外诉烦膺。

人海多礁石，飞车赴远征。

注：本诗作于 2022 年 7 月，发表于大风歌诗友会微刊 2022 年第 31 期。

夏夜写诗记

晨鸟鸣佳树，清风梳月光。

猫趋三夏懒，车过五更忙。

酒醉失眠苦，诗痴恨梦长。

徒劳听夜雨，滴滴不成行。

注：本诗作于 2022 年 8 月，发表于大风歌诗友会微刊 2022 年第 32 期。

带孩子乡村游乐场游玩

清风送桂香，旭日带霞长。

群鸟田间逐，澄波湖面扬。

儿攀七星索，女戏万花廊。

不觉夕辉没，歌吟蟋蟀昂。

云龙湖别友乔丁

树上蝉音少，草间蟋曲幽。

相逢恨时短，暂别笑君愁。

山翠红花灿，风清绿水柔。

何须意惆怅，来日共飞舟。

注：本诗作于2022年8月，发表于大风歌诗友会微刊2022年第35期，《诗词报》2022年第21期，入选《〈彭城诗派〉2022年度作品选》。

登云龙山

雨后菊开艳，亭前鸟唱清。

风吹半坡爽，台沐一阳明。

湖上银波叠，林间笑语行。

爱此秋光好，相偕乐友朋。

注：本诗作于2022年10月，发表于大风歌诗友会微刊2022年第42期。

怀已故同窗好友张佑刚

痛惜殒华年，思君隔九泉。

解题常启我，赛跑总居先。

体壮如牛犊，心纯似水莲。

再难闻笑语，身影梦魂牵。

注：本诗作于2022年1月，发表于大风歌诗友会微刊2022年第4期，《彭城诗派》2022年第1期。

第九批志愿军遗骸回国感咏

长城迎烈士，泰岳敬忠魂。

礼步捧棺椁，专机过水门。

头抛卫家国，血洒福儿孙。

尸骨归安处，炎黄世代尊。

注：本诗作于2022年10月，发表于大风歌诗友会微刊2022年第41期。

五言律诗

月夜臻园亭寄友人张伟明及张近（新韵）

星稀天幕上，声密草丛间。

鸟寐三更静，人归一地闲。

清光映阶白，薄雾罩身寒。

何日对佳景，飞觞快意谈。

注：本诗作于 2022 年 8 月，发表于大风歌诗友会微刊 2022 年第 37 期。

霜降日感怀

桂香迷北雁，竹影拽残阳。

暮霭湿红叶，月光涂白霜。

车声能识路，蛩曲可传乡。

祖屋儿孙笑，夜寒无处藏。

注：本诗作于 2022 年 11 月，发表于铜山诗词协会微刊 2022 年第 21 期。

二十大后喜观月全食

薄雾湿红月，柔光醉碧霄。

九州花尽染，四海浪同摇。

航母越洋勇，神舟探宇骄。

江山人最美，盛会引狂潮。

注：本诗作于 2022 年 11 月。

赠李彬兄

吾友贯才者，敲棋宇宙狂。

气功本余业，文字足专行。

酒淡一杯醉，诗豪百首香。

性情比云水，共语解愁肠。

注：本诗作于 2022 年 12 月。

小寒日寄友人侯飞

一别三年久，与君杯酒稀。

暖泉长至动，大雁小寒归。

雀舞欢飞雪，梅开映落晖。

莫愁春日远，转眼杏花肥。

注：本诗作于 2023 年 1 月，发表于大风歌诗友会微刊 2023 年第 3 期。

赠友人苗鑫

吾弟身康健，胸怀志更坚。

晨奔三万米，夜读两千篇。

飞燕筑巢快，游蜂采蜜鲜。

长途存所愿，欲得必争先。

注：本诗作于 2023 年 1 月，发表于铜山诗协微刊 2023 年第 2 期。

五言律诗

正月初二走亲

身后犬欢送，村前鸟集翔。

儿甥勤敬酒，叔舅共飞觞。

罢宴意微醉，围炉话总长。

星临灯透夜，处处暖春光。

注：本诗作于 2023 年 2 月，发表于大风歌诗友会微刊 2023 年第 7 期。

全面解封得新冠感怀

妻夜泡红糖，娘晨煮白姜。

百堂无妙药，千户有良方。

柳叶风摇醉，梅花雪润香。

春光如更美，愿得一回阳。

注：本诗作于 2022 年 12 月，发表于大风歌诗友会微刊 2023 年第 1 期，《彭城诗派》2023 年第 1 期。

雨后与仁兄弟登山感咏

甘霖频润泽，春色满山苏。

林翠欢群鸟，花繁绘锦图。

飞歌怀浩荡，举酒蔑崎岖。

同展鲲鹏志，沧瀛采玉珠。

注：本诗作于2023年3月，发表于大风歌诗友会微刊2023年第13期，《彭城诗派》2023年第2期。

咏建筑工人

炎夏钢筋炙，隆冬手脸皴。

晨劳鸡觉早，夜作月叹辛。

吃饭但求饱，回乡尽省银。

高楼成片耸，哪座可栖身？

注：本诗作于2023年3月，发表于大风歌诗友会微刊2023年第14期，《彭城诗派》2023年第2期。

游瘦西湖

碧波荡舟影，细柳吐风烟。

醉赏春湖瘦，闲听箫曲绵。

亭桥洞衔月，白塔肚容天。

秀色餐无尽，充盈机景还。

注：本诗作于 2023 年 3 月，发表于大风歌诗友会微刊 2023 年第 15 期，《彭城诗派》2023 年第 2 期。

带女儿湘莹、湘悦划船有勉

舟泛春湖碧，眸亲鹭翼扬。

顺风持桨稳，逆水止心慌。

黄菊历霜艳，红梅经腊香。

尔当如海燕，笑傲太平洋。

注：本诗作于 2023 年 4 月，发表于大风歌诗友会微刊 2023 年第 18 期，《彭城诗派》2023 年第 2 期。

早春雪后游云龙公园

新竹霞中嫩，苍松雪后清。

万花将竞发，百鸟始争鸣。

青石催泥暖，红梅映月荣。

相机春色满，转友祝前程。

注：本诗作于 2023 年 2 月，发表于铜山诗协微刊 2023 年第 4 期。

春日赠别

古人离别事，独酌月徒明。

异地翻屏见，同城邀酒倾。

绿萝环屋满，青竹遍山盈。

朋走茶刚热，春来花会荣。

注：本诗作于 2023 年 2 月，发表于《诗词报》2023 年第 23 期。

答友人

欣闻友提拔，劝我策前程。

大志不图贵，愚才岂为荣。

一竿足江钓，双翅可云征。

无奈风霜重，花心何日倾。

注：本诗作于 2023 年 2 月。

谷雨大风

韶光趋渐暖，时雨不嫌多。

布谷抖苍羽，浮萍染碧波。

叶深如翠玉，风疾似狂歌。

明日飞花懒，遍铺春满河。

注：本诗作于 2023 年 4 月，发表于大风歌诗友会 2023 年第 19 期。

父亲节送女儿上辅导班感怀

周末无闲日，牵儿补课忙。

蜜蜂勤采粉，蝴蝶醉迷香。

孟母迁良宅，窦公存义方。

但期成锦凤，莫负好时光。

注：本诗作于 2023 年 6 月，发表于大风歌诗友会 2023 年第 26 期。

登太乙山

终南无捷径，松柏接云端。

足踏石梯陡，神怡玉殿宽。

清溪流满谷，奇兽布群峦。

自古修仙地，置身惟赏叹。

注：本诗作于 2023 年 8 月，发表于大风歌诗友会微刊 2023 年第 42 期。

游云龙湖南湖

万朵莲娇色，数声蝉傲音。

听风风爽耳，观柳柳撩襟。

漾漾波偎岸，巍巍山布林。

苏公桥上立，遥想意何深。

注：本诗作于 2023 年 7 月，发表于大风歌诗友会微刊 2023 年第 31 期。

欣闻发小京津冀抗洪归来

雨泻河川泣，房冲泥石狂。

抗洪泪濡袖，救难义充肠。

急送衣兼药，惊寻死与伤。

归来莫言瘦，时刻做铜墙。

注：本诗作于 2023 年 8 月，发表于大风歌诗友会微刊 2023 年第 35 期。

游都江堰

江中流水急，山上锦云逍。

父子筑神堰，夫妻结索桥。

万家耕沃土，千顷保全苗。

钦慕二王业，为民千载标。

注：本诗作于 2023 年 9 月，发表于大风歌诗友会微刊 2023 年第 44 期。

游邳州银杏时光隧道

日照绿光艳，风吹白果香。

繁枝消冷雨，密叶挡寒霜。

欲落千层老，须争一岁长。

何时人最美，偏爱在青黄。

注：本诗作于2023年11月，发表于大风歌诗友会微刊2023年第46期。

冬日访云龙山西麓季子挂剑台

宝剑光犹耀，贞松翠欲流。

徐君灵得慰，季子老无忧。

霜落百花隐，诺持千载讴。

心期效贤德，清誉愿传留。

注：本诗作于2023年11月，发表于大风歌诗友会微刊2023年第49期。

七言律诗

贺中国共产党成立100周年

送友人

贺中国共产党成立 100 周年

曾记山河多破碎，豺狼贼寇倍猖狂。

红船荡荡迎春暖，碧水滔滔送瑞光。

万里长征同患难，百年大业谱华章。

而今迈步新时代，复我中华美富强。

注：本诗作于 2020 年 11 月，发表于《彭城诗派》2021 年第 1 期。

送友人

堪庆并肩三两载，一番抱负共追寻。

深秋离别寒风紧，酷腊相逢冷雨沉。

把酒莫谈千盏少，纵情欢笑一言深。

新途此去多珍重，笑看浮云任我吟。

游汉之源景区有感

天寒碧柳换金妆，泗水烟波醉日光。

赫赫贤才源沛泽，巍巍圣汉兆家乡。

三章约法民心聚，千古流芳国运昌。

我辈有为歌盛世，中华圆梦复兴强。

注：本诗作于 2020 年 12 月，发表于《彭城诗派》2021 年第 1 期。

无　题（新韵）

清风涌月归来冷，淡影留痕化尽寒。

纵使千街尘扫净，难为一夜雪除完。

敢邀红日争光景，愿领春潮渡海川。

满志踌躇勤奋斗，报国唯有竞流年。

注：本诗作于 2020 年 12 月。

题臻园新居

云住天边终寂寞，身回家院必情长。

三春桃叶倾心吐，五月榴花蜜意藏。

楼下海棠兴运旺，亭旁金桂惹人香。

檐前飞燕不为客，应把新巢作故乡。

注：本诗作于 2020 年 11 月，发表于《彭城诗派》2021 年第 1 期。

春游连云港高公岛（新韵）

海阔鸥欢波浪腾，山高树茂水流清。

悬崖百尺车声紧，幽谷一潭月色明。

忽见顽猴争脆果，又闻烈马走钢绳。

不知路窄谁能过，唯有心宽自在行。

注：本诗作于 2021 年 3 月，发表于大风歌诗友会微刊 2021 年第 13 期。

七言律诗

明前祭祖

回乡祭祖添坟土，除却枯藤草又生。

泪染纸钱香火旺，风侵岁月子孙荣。

十年树木呈新景，万里浮云惹故情。

眼下春花虽满院，怎知身后独清明。

注：本诗作于 2021 年 4 月，发表于大风歌诗友会微刊 2021 年第 14 期。

观建党百年大会寄语青少年

赤旗百面迎风艳，碧宇千层近日明。

坚守初心扬党性，誓圆长梦恤民情。

城楼金语神州撼，钟鼓和声四海平。

强国少年勤奋斗，满怀底气再登程。

高中同学聚会抒感

重逢夸我如初见，却道韶华渐染霜。

年少不知糊口累，志高唯觉读书香。

几多风雨催人奋，二十春秋立业忙。

回想那时谁最美？永藏心底梦中央。

注：本诗作于 2022 年 2 月，发表于大风歌诗友会微刊 2022 年第 9 期。

咏栾树兼赠陈攀

不恋庭园增路景，甘为道树裹烟尘。

也含群朵一分色，乐献高秋十月春。

果似灯笼照良夜，花如彩蝶舞清晨。

人生格调应如此，任置何方皆抖神。

注：本诗作于2022年10月，发表于大风歌诗友会微刊2022年第43期。

贺我国天宫建造任务圆满完成

月穿神箭九州亮，云驾飞船万里兴。

戈壁茫茫燃烈火，苍穹浩浩照华灯。

百年探宇终成站，六杰会师常出征。

在轨轮班往来易，嫦娥也想搭同乘。

整理相机感怀

手机总是内存满，相片常翻岁月回。

美景可删能再拍，华年虽驻不重来。

千张笑脸生银发，八面春光润玉杯。

且向硬盘多拷贝，遍留闲空照花开。

注：本诗作于2023年1月，发表于《彭城诗派》2023年第1期。

小年逢大雪感题

长冬不见琼花舞，今喜鹅毛醉落狂。

大女彩巾兜玉蕊，幼儿稚手裹银装。

妻追美景内存满，母做佳肴邻院香。

恰遇小年又周末，我家老酒启封藏。

注：本诗作于 2023 年 1 月，发表于大风歌诗友会微刊 2023 年第 4 期，
《彭城诗派》2023 年第 1 期。

老家过年

门联除岁贴终日，爆竹迎春响半宵。

童换新衣整街逛，娘煎香果满村飘。

池波拂岸泥沙暖，堂燕归家道路遥。

碎炮红皮添瑞雪，阿爷欲扫怕年消。

注：本诗作于 2023 年 1 月，发表于大风歌诗友会微刊 2023 年第 5 期，
《彭城诗派》2023 年第 1 期。

老家节后返岗感怀

村巷炮皮落千叠，乡楼灯影掩双亲。

归前早把床被晒，别后迟将销锁抿。

群鸭水中嬉戏美，孤鸿云里荡游辛。

重言还问门旁柳，何处奔波又一春。

注：本诗作于 2023 年 2 月，发表于大风歌诗友会微刊 2023 年第 6 期，《彭城诗派》2023 年第 1 期。

思尘点评：写春节后辞家返岗心情，细节描写尤其传神，兼以鸭、鸿旁衬，令临行前的难舍之情更显苍凉：又开启了一年的"奔波"模式，其间的心酸与无奈，知者自知。

述怀兼赠四弟周威

昨夜春风追彻晓，窗鸣难睡又鸡啼。

梦中佳句醒时忘，身外浮名得后迷。

莫叹华年空待月，须知壮志自为梯。

清歌惟愿寄沧海，试驾飞舟逐浪低。

注：本诗作于 2023 年 2 月，发表于大风歌诗友会微刊 2023 年第 9 期。

正月二十八日宴友

购菜满篮多兴致，房尘扫尽恰君来。

粗筵长赞不停箸，薄酒细尝频满杯。

紫燕年年老房绕，绿萝处处嫩芽堆。

微酣共赏门前柳，自在春风舞几回。

注：本诗作于 2023 年 2 月，发表于大风歌诗友会微刊 2023 年第 10 期。

赠侯博瀚兼自勉

豪情荡荡不争利，大义深深岂羡名？

英相准移三尺宅，陶公未折五杯羹。

甘为轴画藏山美，乐做角梅添院荣。

萤火虽微光自出，扁舟搏浪荡潮生。

注：本诗作于 2023 年 2 月，发表于铜山诗协微刊 2023 年第 5 期。

夜至扬州宴后赠诸友

至晚厨房炉火歇，维扬贤友自冲茶。

玉盘珍味莫空酒，雅舍豪情共誉花。

细雨初停风吹急，瘦湖正舞柳垂斜。

冶春早饮皮包水，暮盼琼枝馥我家。

注：本诗作于 2023 年 3 月，发表于铜山诗协微刊 2023 年第 6 期。

题瘦西湖钓鱼台

竖框白塔素衣裹，横括莲桥彩墨涂。

三洞可看天地色，一湖争写古今书。

凡台本应奏尘曲，圣饵偏能钓帝鱼。

春柳长堤望不尽，斜阳梦里说隋渠。

注：本诗作于 2023 年 3 月，发表于大风歌诗友会微刊 2023 年第 16 期，《彭城诗派》2023 年第 2 期。

雷海基评：此作好在实中带虚，情在景中。八句写八个实景，而且八个实景都与湖相关。白塔素衣裹，莲桥彩墨涂，洞看天地，湖写古今，台奏尘曲，饵钓帝鱼，堤望不尽，斜阳说渠。都有着联想，展示久远时空。实写见景，虚引想象。

情人节赠妻萌

谁爱玫瑰谁爱镯，应知此物不常鲜。

身无美玉凭才貌，家有贤妻靠臂肩。

每日互尝甜苦水，余生共度自由船。

妆台百合露金蕊，囍沐朝霞暖一天。

注：本诗作于 2023 年 2 月，发表于大风歌诗友会 2023 年第 8 期。

云龙山姜公亭闻唱佛经

独坐北亭觉春冷，忽传岩寺佛音流。

快如燕影拂千叶，美若霞光捋万愁。

天幕难遮蜚语出，俗尘尽显世人求。

归来只管迷禅曲，不叫凡歌增我忧。

注：本诗作于 2023 年 4 月。

逛徐庄岗集会

疫散花开逢庙会，彩旗舒展醉风光。

万家旺铺仍嫌少，十里香街不厌长。

大女痴迷妆品店，小儿喜赖赛车场。

晚霞采尽捉星月，春满愁关后备箱。

注：本诗作于 2023 年 4 月。

咏　槐

万朵春花随水去，一株琼蕊趁风扬。

娘蒸菜饼胜仙味，父煮槐羹赛杜康。

北洞一碑寻祖姓，南宫三树辅周王。

家蝉垂饮清浆饱，何必高飞向远方。

注：本诗作于 2023 年 4 月，发表于大风歌诗友会 2023 年第 20 期。

戏马台怀古（二首）

其一

西楚霸王能举鼎，筑台戏马复何求？

碑廊集萃万人赞，云阁嵌名千古流。

韩信帐前空执戟，范增谗后枉参谋。

乌亭若返江东地，善用贤良使敌愁。

其二

破釜烧营兵将勇，力攻巨鹿战场横。

虽携三户把秦灭，但领诸侯复国成。

楚室生春龙柱秀，秋风戏马石雕荣。

若怜降卒如兄弟，何苦关中无盛名。

注：本组诗作于2023年4月，发表于铜山诗词协会微刊2023年第11期。

游清明上河园

曾经汴水万船泊，俗画频彰盛世名。

若是宋廷勤备武，更无金贼易亡京。

而今巨马吞云雾，到处华光醉燕莺。

高阁竖开天地柱，虹桥横跨老新城。

注：本诗作于2023年5月，发表于大风歌诗友会2023年第21期。

谒开封包公祠

肃立祠前仰宝臣，包公湖畔颂冰魂。

廉泉灼灼辨忠恶，铜铡威威正本根。

怒砸銮车放粮馈，勇弹权贵报民恩。

当官应此为模范，青史千秋留美痕。

注：本诗作于 2023 年 5 月，发表于大风歌诗友会 2023 年第 22 期。

访宿州林探花府

院内残砖生草绿，檐前神兽仰天狂。

轻拿志石从空举，严训清兵把国防。

每遇灾年童叟寄，时逢盛世德才扬。

终将旧府还原貌，只待花开满栋梁。

注：本诗作于 2023 年 5 月，发表于铜山诗词协会微刊 2023 年第 10 期。

题棠张镇郑家牌坊

青石双碑向阳立，郑家节妇美名扬。

群仙得道祥云踏，诸孝从心苦水尝。

养老共容柏舟痛，抚孤同教荻花香。

而今婚恋自由事，相敬相知福运长。

注：本诗作于 2023 年 5 月，发表于铜山诗词协会微刊 2023 年第 11 期。

解忧故里桑蚕生态园采摘

日光灼灼引蜂蝶，夏树蓁蓁栖鹊莺。

万亩桑田如海涌，百丛玉叶似天生。

智能种植三农旺，科学养蚕诸业荣。

摘果不嫌浓汁染，白红黑紫满筐情。

注：本诗作于 2023 年 5 月，发表于铜山诗词协会微刊 2023 年第 10 期。

游龙门石窟感题

禹凿龙门辟天阙，凡鱼逆水驾云翔。

秦军擂鼓四方统，隋帝迁都万国扬。

千古风波扰华夏，诸尊佛像守炎黄。

东峰回望西山窟，无数蜂巢织锦墙。

注：本诗作于 2023 年 5 月，发表于铜山诗词协会微刊 2023 年第 12 期。

游南京牛首山

两峰对峙补天阙，唤作牛头喻至尊。

鹏举抗金遗故垒，仲麟授业育新根。

穹宫佛卧涅槃地，圣塔人登极乐门。

本是矿坑凡界土，神僧点化筑禅魂。

注：本诗作于 2023 年 5 月，发表于大风歌诗友会 2023 年第 24 期。

洛阳应天门感怀

夜游洛邑满街红，万缕金光照玉宫。

五凤阙楼乘月舞，两重飞观向天通。

左思创赋纸抄贵，文帝逐粮民获丰。

百姓建城真不易，莫拿毁坏论英雄。

注：本诗作于2023年5月，发表于铜山诗词协会微刊2023年第12期。

徐州市建筑工地"两城同创"观摩会感题（通韵）

建筑攸关百姓身，施工场地忌扬尘。

倾心治理大家事，锐意领航精匠人。

处处喷淋降清露，时时监测控埃氛。

文明城市洁环境，气爽天蓝不谢春。

注：本诗作于2023年5月，发表于大风歌诗友会微刊2023年第28期。

高考二十周年感怀

寒窗砺剑试锋芒，志做蟾宫折桂郎。

灯灭桌前依烛火，月沉林下借萤光。

考场运思争分秒，纸卷挥毫验智商。

圆梦唯当勤奋斗，青春由此更馨香。

注：本诗作于2023年6月，发表于大风歌诗友会微刊2023年第25期。

带女儿登大雁塔（新韵）

浩浩飞泉随乐起，巍巍古塔向天冲。

应怀大梦鲲鹏志，定展青春骐骥程。

玄奘苦行好经取，药王勤炼妙方生。

虽说梯道暗尤窄，一到楼台眸更明。

注：本诗作于 2023 年 9 月，发表于大风歌诗友会微刊 2023 年第 39 期。

谒杜甫草堂（通韵）

浣花溪畔喜秋晴，一谒草堂心自倾。

幽院红墙迎众客，闲堤翠柳散蝉声。

穷庐身寄哀民苦，广厦愿祈寒士宁。

今有神州复兴业，像前我慰九泉灵。

注：本诗作于 2023 年 9 月，发表于大风歌诗友会微刊 2023 年第 37 期。

咏　葱

叶长似箭向天撑，根细如丝扎地生。

风卷躬身非曲意，雨消昂首展柔情。

未分贵贱万家灶，但配香鲜一碗羹。

酷暑严寒频历练，常存青白岂迁更。

注：本诗作于 2023 年 10 月，发表于大风歌诗友会微刊 2023 年第 45 期。

呈高三班主任王文田老师（新韵）

廿载重逢倍感亲，连杯欢饮味深深。

倾情尽赞师生谊，敬酒稍呈桃李心。

少小欣能滋雨露，课堂尤喜蕴乾坤。

今朝又获一番教，腑内香盈三月春。

游嵩山作（新韵）

青峰横卧浮云醉，少室山头荡我胸。

老子骑牛开圣道，达摩面壁立禅宗。

威威武誉神州外，郁郁文出灵府中。

登顶放眸长北望，雁门关下马蹄重。

注：本诗作于 2023 年 6 月，发表于大风歌诗友会微刊 2023 年第 27 期。

徒步登华山北峰赠陈珂辉

白石倚云悬壁绝，犁沟千尺鸟难行。

众言西岳道尤险，独赞北峰溪更清。

天武养家挑担苦，沉香救母劈山荣。

我今直上苍龙背，傲立危崖眺远程。

注：本诗作于 2023 年 8 月，发表于大风歌诗友会微刊 2023 年第 41 期。

5

词

十六字令·花

忆江南

十六字令·花

花，四季芬芳千万家。经风雨，英气遍天涯。

注：本词作于 2020 年 10 月，发表于《彭城诗派》2020 年第 4 期。

十六字令·林（三首）

其一

林，固土防沙锁水深。千秋业，大漠奏华音。

注：本词作于 2020 年 10 月，发表于《彭城诗派》2020 年第 4 期，大风歌诗友会微刊 2021 年第 11 期。

其二

林，傲立群峰作绿襟。迎佳客，岁岁纳黄金。

注：本词作于 2020 年 11 月，发表于《彭城诗派》2021 年第 1 期，大风歌诗友会微刊 2021 年第 11 期。

其三

林，耸入云天豪气深。扬风骨，壮士展胸襟。

十六字令·泉

泉，昼夜奔流汇万川。江河富，滋润美家园。

注：本词作于 2020 年 11 月，发表于《彭城诗派》2021 年第 1 期。

忆江南（二首）

其一

徐州好，千古帝王城。彭国夏商称五霸，项王高祖万民倾。不愧九州名。

其二

彭城好，山水誉神州。九节云龙擎日月，一湖镜水映琼楼。四季客争游。

注：本词作于 2020 年 11 月，第二首发表于大风歌诗友会微刊 2021 年第 16 期，《彭城诗派》2020 年第 4 期，入选《〈彭城诗派〉2021 年度作品选》。

捣练子（三首）

其一

春水绿，岸花香。明月无心催断肠。独立桥头孤影碎，羡它
春水戏鸳鸯。

其二

秋色灿，白云飘。片片红霞映晚潮。老友重逢千盏罢，再呼
明月醉今宵。

其三

山耸翠，水流清。两岸红花倍惹情。欲摘红花斟美酒，满怀
遐想醉春声。

喜春来·贺北京冬奥会开幕

立春最美京城夜，冬奥冰花伴火花。国旗传递耀中华。海有涯。
万国竞来夸。

注：本词作于2022年2月，发表于大风歌诗友会微刊2022年第6期，
《彭城诗派》2022年第1期。

鹧鸪天·观冬奥会闭幕式有感

奥运精神冰雪传，寰球健将各争先。春风拂醉长城月，圣火燃迷北海天。　　灯闪闪，柳翩翩。五环旗帜舞斑斓。谁能忘却今宵景？心结中华忆百年。

注：本词作于 2022 年 3 月，发表于大风歌诗友会微刊 2022 年第 12 期，《彭城诗派》2022 年第 2 期。

相思引（二首）

其一

雨过初晴闻玉蝉，浮云欲绣彩霞边。小荷池畔，日晚水升烟。斜倚梧桐听鹊语，路遥千里有情难。才晴又雨，一夜应无眠。

其二

昨夜惊雷花落残，隔窗风雨惹谁怜？芳香永驻，辗转梦红颜。试问残花花未老，怎堪风雨雨无眠。那年楼下，相见泪涓涓。

卜算子

春雨冷风斜，声紧黄昏巷。燕子檐前尽诉情，往事空思量。满院杏花红，只恨无人赏。剪尽闲愁伴落花，满地孤芳葬。

小重山令

昨夜东风不觉羞，桃花香尽处，冷飕飕。醒来独上望江楼，春如旧，泪眼问花愁。　　双燕语幽幽。红颜曾付我，恨难留。山盟海誓尽东流。伤心苦，情字怨成仇。

采桑子

冬风不忍枯黄草，花落飘零，孤雁声声。寒月宫中玉兔听。茫然回首来时路，人在江陵，思念丛生。一夜寒箫吹到明。

忆王孙·别夫子庙

秦淮明月影灯红，桥畔传歌寂寞声。夫子庙前许愿成。再相逢，话里无情梦有情。

唐多令·劝友

秋末北风狂，频摧万叶黄。独残荷，勇立寒塘。树下菊花听鹊语：天渐冷，筑巢忙。　　晚暮薄衫凉，劝君酒满觞。月正明，来日方长。待得朝阳红满宇，看前路，洒金光。

注：本词作于 2022 年 11 月，发表于铜山诗协微刊 2022 年第 21 期，大风歌诗友会微刊 2022 年第 46 期。

浪淘沙令·别友人

红叶挽秋霜。日出难藏。西风虽烈惹愁肠。蟋曲欲收天未冷，再奏千场。　　叶落扮山妆。叠满残阳。与君踏遍饮千觞。月照寒枝生彩翼，怎觉凄凉？

注：本词作于 2022 年 10 月，发表于铜山诗协微刊 2022 年第 20 期。

雪花飞

冬雨连绵昨歇，今晨白雾茫茫。前路难分曲直，相聚何方？遥想当年别，倾杯雪夜凉。唯盼琼花满树，艳比春妆。

注：本词作于 2022 年 11 月，发表于铜山诗协微刊 2022 年第 22 期。

清平乐

露台夜坐，四面垣墙裹。唯见寒空星几颗，可照故乡炉火？风将月桂传香，身着薄羽稍凉。祖父鼾声正响，梦馨不惧寒霜。

喜春来·早春游云龙山兴化禅寺

枝头黄雀鸣春醒，山涧枯藤逐日荣。寺前青竹听禅生。香客盈，僧敲万家声。

注：本词作于 2022 年 12 月，发表于铜山诗协微刊 2023 年第 4 期。

临江仙·赠友人

愁见寒梅生两叶，孤枝怎奈冷霜欺。今冬过半雪无时。露台闲坐久，天暖换春衣。　梦里推窗千树白，斜阳偏照万家归。酒温迎客不嫌迟。千杯能复饮？醉剪一枝梅。

注：本词作于 2022 年 12 月，发表于铜山诗协微刊 2022 年第 24 期。

定风波·忆儿时春节兼赠弟双

记得儿时大雪频。屋檐冰柱倒争春。发小吃多还腹痛，生火，溜冰南岸到黄昏。　相聚含愁春日快，追梦，疾风千里不留痕。欣得众孩鞭炮响，呛鼻，味浓却愿四时闻。

注：本词作于 2022 年 12 月，发表于铜山诗协微刊 2023 年第 2 期。

渔家傲·忆年少夏日雨后

午后惊雷倾盆雨，池塘水满蛙声足。但爱雨停常日暮，霞云舞，浓荫一片珠花吐。　发小争摇池畔树，喜看花落连成柱。共立枝旁迎夜露，怕蝉语，老来谁叙天涯路。

注：本词作于 2023 年 5 月，发表于铜山诗协微刊 2023 年第 10 期。

贺新郎（二首）

其一

云暗残阳去，更风吹、落花满地，莺声几许。寥落梧桐谁栖驻，酒醒凭栏无主。念佳客、尾声抱柱。欲请愚公移五岳，驾山峦，踏遍江南路。帘下语，更如雨。　　忽闻帐下琵琶序。待佳人、与君共舞，易遭人妒。枝上缠绵池边柳，一抹风情艳遇。更还念、何时来聚。十字绣成相思句，望金陵、感叹长卿赋。千里路，已春暮。

其二

古镇山花俏，望春归、满园芳菲，杏花开早。俄尔才闻烟花闹，又见喜莺欢笑。尤夜里、风华月皓。试问星河谁最耀，看牛郎、梦见贤妻巧。春色驻，无烦恼。　　新婚燕尔江南缭，起梳妆、佳人窈窕，人间美貌。花漫香车香盈轿，一路风光忒妙。日悄晚，新婚明照、谁把红灯添芳草，贺新婚、对酒不知晓。同夜度，百年好。

小重山令（二首）

其一

碧水烟波逐客愁，故乡春色别，莫回头。清明断雪落花羞，入遥夜、车外月如钩。　　劳碌为何忧，百年终作骨，为名求？人生事事待绸缪，凌云志，哪个可曾留？

其二

梦里寒霜枯草怜，春风千里路，尽灰天。斜风细雨惹花颜，多少事，雾里起寒烟。　　寂寞叹华年，杏梅红了透，几分酸？知音一曲梦中欢。弦声没，酒醒落花前。

6

新　诗

院子里飘起槐木香

五　月

院子里飘起槐木香

二十年前，父亲做了木匠
一把斧头砍出了一个支撑
支撑着三辈人的生活

二十年后，母亲和弟弟都做了木匠
他们是父亲得意的支撑
支撑着一个上学人的生活

父亲的听觉有点模糊
而我的视觉陷入了蒙胧
这个时候唯一的支撑
——院子里飘起了槐木香

是的，那确实是槐木香
因为父亲告诉我
槐木适合做家具的支撑

是的，那确实是槐木香
因为他们都成了木匠
而我成了他们想要的槐木香

2006 年 3 月 3 日

注：发表于江山文学网，《彭城诗派》2022 年第 4 期，入选《〈彭城
诗派〉2022 年度作品选》。

五 月

我将要跟你说再见

五月，也许你已经无力招引蜜蜂

就连地上的蝴蝶花也退了容颜

五月，我曾经寻找槐花的芳香

却被槐木的尖刺留下爱的创伤

我怎样跟你说再见呢？

曾为了朋友采摘霹雳

曾为了情人遭受风雨的强暴

那柳棉飘落的地方

曾经有一位诗人在描绘远方

只可惜柳棉在五月都落完了

仅留下青青的柳叶

鬼影般摇坠着黑夜

五月，你把什么都落了

唯有他们的青春你还留着

2006 年 5 月 27 日

最后一夜

——毕业，写给我深爱的大学

在我即将离开你的那夜
你没有忧虑地沉睡着
一些新的朋友
即将走进你的怀里
带着青春，带着欢喜

那夜，鸣虫叫得更欢
你第一次渴望失眠
却始终最后一次睡得香甜
你若失眠才是我最大的忧郁

最后一夜，我回忆着
我们的相逢，我们的离别

现实中的昙花是否正开

或者刚刚盛开又匆匆谢了

那夜为了寻你

我走在黑暗里

黑暗里的鸣虫在为我歌唱

我也将为你倾心歌唱

在我即将离开你的那夜

2007 年 7 月 11 日

四月的村庄

四月，我的心像柳棉一样

布满整条街道，整个村庄

最后连这个季节也一样落满沧桑

我努力地去寻找这个村庄本来的模样

有一个老人告诉我

你不必寻找，人海茫茫

每一朵都有落去的最终方向

当你走向尘世，要一如既往

你的村庄就在你眼皮底下乘凉

四月，请你允许我摘一朵柳棉

请你不要让它偷偷地溜走

我知道怎样和爱人永远相恋

我也知道那不小心溜走的

是我留在深夜里那颗星的纯真

2011 年 4 月 17 日

爱如水晶

有一种爱，爱如水晶

我是这种爱的雕饰者

在梦的温存里甜美透明

有一种爱，爱如水晶

我是制造这种爱的魔法师

在梦的星光中闪耀着晶莹

有一种爱，爱如水晶

我将这种爱贴近胸口

在梦的凄凉中等待爱的光明

有一种爱，爱如水晶

我是分享这种爱的赤子

在梦的长河里你是我的永恒

2011 年 10 月 20 日

注：本诗发表于《鲁西诗人》2011 年第 4 期。

秋的恋曲

落叶被深秋叠了厚厚一层

冷风更加肆无忌惮

吹着号角，踩过情殇

踩过那一片未央的歌

往事，沉浮在童年的欢乐里

像那一串串粘手的冰糖葫芦

像那一块块紧握在手里化了的冰糖

我要用乡愁裹着这些糖果

裹着此刻寂寞而又温馨的歌

秋风啊，秋风

我记得我那时的笑容

是在不经意间隐藏着的柔情

夹着熟悉的旋律

走进熟悉的黄昏和村庄

糖果化入这幅浓浓的画里

我愿像那些已经融化的了

畅享在这山和水之间的一滴墨汁

誓将秋的白发染黑

2011 年 11 月 6 日

幸福时光

好想寻找一个美丽的黄昏

没有皱纹，没有任何羁绊的黄昏

在一个别墅花园里

假如没有别墅，也没有花园

只有那几十平方欠了债的房子

你说只要有阳台便足矣

在阳台栽一株葡萄

藤枝绕满了整个屋顶

只让它结两串葡萄

一串叫幸福，一串叫时光

你我相依坐在长椅上

两串葡萄在清风吹拂下摇来摇去

你说是幸福摇着时光

我说是时光摇着幸福

就像我们并肩坐着一样

白发正悄悄地顺着藤枝往上爬

不辞辛苦，摸爬滚打

你看，它终于爬到了时光的尖上

它终于可以藐视一切羁绊

在一个静悄悄的黄昏打着盹

哼着女儿们最爱听的小曲

潇洒、欢欣、舒畅

好想寻找一个美丽的黄昏

没有羁绊，也没有辛劳

只有一株自己栽种的葡萄

好顺着枝藤寻找幸福时光

2013 年 6 月 10 日

有一朵花

有一朵花叫思念

开在深夜

比昙花开的长

比玫瑰花的芳香更浓

有一朵花叫思念

但愿你会在梦里采摘

枝叶上也会有几滴露珠

闪着那一点光芒为你照耀路途

有一朵花叫思念

我曾经写过它

也曾经采过它

可是现在它依然无比鲜艳

2013 年 10 月 11 日

2015 年的第一首诗

第一首诗，沉重得像掉进了泥潭的双脚

欲拔无力，却还那么执着

越陷越深，挣扎，

已经黯然失色

世俗的酒杯纠缠着笔尖脆弱的诗行

春风却也无力吹醒，

昔日里

那醉酒的红颜，

如今已白发苍苍

第一首诗，被这春风吹倦了

挨着靠椅，寂寞爬上了皱纹的枝梢

只等着这酒醒后的春宵

慢慢地，慢慢地，

将我的诗思淹没

而我惟愿化作一叶小舟

荡漾在第一首诗的天涯海角

寻找珊瑚，或者寻找早已毁灭的海礁

为什么我的诗永远破败不堪？

诗的恋人却永不给我爱的欢颜

磨难，艰险，惊涛，沉沦

我所能想象的一切悲苦

都应该在第一首诗里酝酿、生根

只求在来日的方长里

我的诗思不至于换成了酒钱

装在葫芦里当作迷药再被卖掉

第一首诗，迎着春风嬉笑

世事难料，它依旧逃不掉

在泥潭里越陷越深，

挣扎，挣扎……

最终……不知，酒醒何处？

2015 年 2 月 7 日

老 槐

那天我站在村口看斜阳西下
微风裹着回家的脚丫
我能嗅到的是老槐吐出的新芽
是奶奶用煤炭换回的爆米花

那个时候我只知道玩
用绳子拴着老槐荡秋千
它一身的老皮被勒出了血
青色的，然后成疤，被时光摧残
以前我不知道树为什么也有疤
只知道啄木鸟喜欢给老树看病

老槐的病是岁月染上的

每一道年轮都记载着

村子的变化，村子的喜怒哀乐

却没有一棵树会将自己的一切刻在年轮里

哪怕风吹雨打，哪怕酷暑寒霜

奶奶已年迈，和老槐一起走来

八十多个春秋，八十多道年轮

爷爷手中的铁锨也已磨出了老茧

老槐是他种下的，常常梦见自己变成了老槐

2017 年 4 月

今夜我拒绝了一首诗

凌晨三点，一场春雨和我一起失眠

滴答着，敲打着雨棚，

节奏感遇到一个冒牌的歌唱家

所以今夜我拒绝了一首诗

因为它不能去除深夜的饥饿

哪怕可以让我画饼充饥

它做不到，哭喊着要充当救世主

虚伪，如同这凌晨三点的夜色

早已压不住黎明破晓的脚步

但愿今夜我还能和春雨一同入睡

让我的鼾声不再充满饥荒

让我失眠的理由不再任意猖狂

可是春雨已经有气无力

节奏感被滴答着撕裂拉长

好不容易腾出来的距离已经被这首诗占据

今夜，不，又是一天

已经和昨夜无关

早饭，路途，工作

拒绝了我失眠的请求

凌晨三点

我不再是一个冒牌的歌唱家

而是拒绝一首诗后不善失眠的苦行僧

2017 年 4 月

三十岁那年

古人说，三十岁，而立之年

两千多年后一位老先生

声音慈祥，略带忧伤对我说

三十岁，你小子得了前列腺

我望着，他眼睛里我惊讶的忧伤

想躲开，却已来不及掩藏

仿佛被岁月挤到了路牙的边缘

又仿佛迷失路标的浪子

前行，颠簸抑或一路平坦

三十岁，沉甸甸的像大雪后的枝丫

有的，没等到它的融化便夭折

有的，雪化以后看到了春天

三十岁，我没来得及爬一座山

也没时间淌过一条河流

我只记得被石子绊了多少次，

裤脚弄湿了多少次

后来，在奔四的浪潮里

我得了迎风流泪的毛病

大概是在叹息——

三十岁，那年

我在第二个路标盼你归来

2017 年 6 月 5 日

采莲者

我是一个采莲者，或许不是

在这个炎热夏季身穿迷彩衣

小心翼翼穿梭于莲花深处

擦亮眼睛，看吧，那个耷拉着脸的就是

成熟的莲蓬，成熟的脸

那如日中天，昂首挺胸的

嫩嫩的，放了它吧，它会成长

可我还是被现实的莲茎划伤

不用包扎，伤口会蔓延到地下

在那里清净，养伤，结疤

结成多心眼的莲藕

我终于以一个采莲人的身份上岸

或许不是最好的一个

因为我采到的

是几朵耷拉着脸

不争气的成熟的莲

2017 年 8 月 3 日

野鸭,将黄昏掩藏在蒲草里

我不敢想象浮萍生长的速度

好比无聊闲暇的时光

没有 wifi 后的那种想象

于是，我发现了一只野鸭

满身沾满了浮萍，黑色变成绿色

简单变成复杂

野鸭，将黄昏掩藏在蒲草里

浮萍将整个水面侵蚀。叹息

我将手里的弹弓封存

用射杀榜零记录将它供奉

注：本诗发表于《彭城诗派》2022 年第 4 期。

蝉鸣一夏

——捉蝉记

夏日的黄昏

一群老少在树林里，捉蝉猴

油锅里炸的香味不会放过它

它努力往上爬，用习惯夜的铁爪

追赶夜的步伐，来到夏的夜，夜的夏

不能停留，地下三年，地上三日

你是仙蝉，爬进的是天上人间

只要不死，是的，只要不死

来得及，刺破绿枝吸吮阳光的余热

倘若被捉，以幼虫的姿态闯一闯油锅

那比地下更黑的世界

你坐化成一道美味

或者，一盘僵硬的躯壳

雨后的黄昏，蝉猴总会出来得早些

人群也来得早些

在地面寻找细小的事物

蚂蚁，洞穴，尘埃

再多捉一只，都想捉最后一只

那只生而不绝，绝后重生的抗议

只有这两个字的歌词，唱响了一世

知了，知了，知了

蝉鸣一夏，周而复始

蝉鸣一夏，知了一世

听　雨

首先这不是一场假相

而是一场真实的雨，普通的雨

有雷鸣电闪，有乌云密布

整个中国，甚至整个世界

都下过这样的雨

那么还有什么好看的

改变一下生活的美好

仔细听吧，有更加美好的收获

因为这是秋天，秋天从不失约

我听见敲打雨篷的声音

听见几只麻雀嬉闹的声音

它们不怕这雨，也不怕假相

穿梭在秋叶包裹的光阴

它们不用时钟计算时光

它们会用黎明洗刷夜的荒凉

秋叶将离世，谁来掩藏秋的悲伤

还是不懂麻雀的闲言碎语

还是不愿踩着秋叶堕入泥土

听雨，不屑一顾

那个晚上

那个晚上，夜，吞噬着

远方微弱的星光，忽隐忽现

像极了一个弱小心脏的跳动

那个晚上就在我的怀里高温惊厥

三十八度，我的意识和你一样抽搐着

孩子，你一定在跟我开三十八度玩笑

夜，沉静在起伏的海面

车，闪电般将夜划成两半

一半失去了重力，紧紧抓着我的双臂

一半吞噬了所有红绿灯，夜加速了蜕变

医生镇定自若，夜躲在听诊器里

不说话，也不闹觉，乖乖地吃饭睡觉

余下的都交给我，做各种检查和签字

排除他法，科学诊断，合理治疗

夜，像个参禅的小沙弥

在木鱼的世界里打盹，吃泡面

不需明白，佛的对面依旧是佛

那个晚上，夜，坐化成了佛

2017 年 11 月

残荷写意

如果让我用一幅画

来表达，我木讷的言语

我会选择你，黑色的写意

一群群奔拉着黑色的脸

黑色的腰肢。

莲蓬的子都落了，只剩一副皮囊

或者空壳，灌满了秋雨秋风

看不懂，只好念经

是谁将一世的经当作口香糖嚼着

深秋，像一把尖刀

插进干瘪的身体，人事是白的

衬着残荷的黑

在秋蝉的最后一声鸣叫里

被人知晓。

我站在荷塘的边缘被素描

无声无色，透明的叹息

被惊吓的野鸭模仿，掩藏

2017 年 11 月

夜半捉蚊记

——写在母亲节的凌晨

嗡嗡，嗡嗡，从左边到右边

从黑夜到黑夜

因为血肉而存在

挥手而去，不挥再来

捉你，在这个寂静的夜晚

一个巴掌，抓不住那嗡嗡的声响

只剩下尸身和不知谁的血液

在手心里滚烫，紧紧粘着

蚊子啊，早知如此，就叮我吧

在我熟睡鼾意正浓的时候

叮我一个人足够

（那时你已不再需要吸吮）

让你载着我满身的热血

在母亲耳边嗡嗡，嗡嗡

从左边到右边，从清晨到黄昏

又是谁清脆的一巴掌

蚊子的尸身没有鲜血流淌

（或者已将其掩藏）

它用将死的吸血的嘴嘲笑我

整个晚上我就捉了两只

一只嗡嗡，两只嗡嗡，血迹未干

在我的手心里暖着，滚烫

2018 年 6 月

麦芒的微笑

六月是麦子收割的季节

年迈的祖母挥舞着镰刀

像极了半个世纪前的中年妇女

沉稳，利索，富有节奏

像极了半个世纪后的广场舞

只是祖母跳不动了，或者

只习惯那片汗水浇灌的土地

我却什么不会做，

不会开农用三轮车，不会挥舞镰刀

我怕触摸那些麦芒，针尖一样

六月，将麦芒插进了我的身体

痒，然后抓得疼痛，露出血丝

洒在那些收割机也触摸不到的地方

都是祖母割下的，这些地方，这些死角

破了，结疤后露出麦芒的微笑

被收割机碾压，反弹，茁壮

车轮载着半个世纪后的我

在地头守候，看收割机一圈一圈

一遍一遍，一年一年

2018 年 6 月

承 受

想找一块空地，哪怕只有

坟头那么大，那么小

栽一株藤草

它可以沿着时光的线儿

任意攀爬，任意玩耍

朝露不要太大

承受不了，尘埃一般大小就好

我还可以理解

为什么乌龟要和兔子赛跑

末了，藤草渐渐枯黄

尘埃堆成了半世浮沉，半世沧桑

2018 年 10 月

蚂蚁的心愿

不是所有人流血都会疼痛

不是所有人都明白向日葵的执着

有些事翻过来变成另一些事

有些人明白了会被当成傻子

我渴望变成一只渺小的蚂蚁

我会在地上洒下独有的气味

没有犹豫，勇敢走着

穿过河流，森林，雪山，荒野

大路没有坎坷，唯有拥挤

是永恒的话题。于是我没有选择

狠狠地咬了猎人一口，报答救命之恩

醉　歌

黑夜像一瓶烈酒将视觉灌醉

窗外的蛙声被汽车的轮胎碾压

痛觉似乎已沉睡

感觉不到一丝疼痛

只剩下听觉在深夜里受罪

像是在忏悔，白天的视网膜压倒了一切

替我好好想一想吧，再为我斟上一杯

同三五颗耀眼的星不醉不归

雾霾并不只存在于白天

黑夜也有，包括黑夜的每一个窟窿

每一声喘息，每一个瞬间

都有，我们像个包裹一样被缠绕

被搬运，被挤压，被分派

希望在破晓前的最后一秒

——破茧而出

2019 年 8 月

致臻园

在这里，可以暂时躲避

繁华与忙碌这对难兄难弟

在这里，他们似乎无处可藏

一枝一叶都不曾记下他们的名字

臻园啊，要我怎样向世人展现你

你说，不，快点停下吧

我只是一个家的名字

这并不是赞美，因为我不知道

这里有多少只蚂蚁从洞穴爬进爬出

不知道多少株花草释放过家的芳香

我将要模仿一只蚂蚁

在你的怀里畅通无阻

有一种声音在蜿蜒，

没有一丝忧虑

当然也有许多对夫妻吵过架

从床头到床尾，从开始到结尾

各种理由随窗关了又开，开了又关

释放，在这里被写进词典

2019 年 8 月 28 日

致友人

一

你走了，还有一丝不舍

仿佛秋叶还恋着蔚蓝的天空

蔚蓝的梦和蔚蓝的你

那时的秋叶还是红色

在炉火中映着冬天的微笑

离开——，是回忆的良宵

二

可以欢呼，也可以忘却

在下次遇见之前

收藏每一次调侃

每一次没有输赢的画面

太美，也太过伤感——

雪化后似乎清醒着一粒尘埃

三

一些人拼命走进雾霾

是风吹散了他们的存在

远方的薄雾乘胜追击

杀死了四面八方的鸣笛

在一个车站的出口

等待着一群 80 后

四

雪，打乱了雨的节奏

敲醒了刚要打盹的午后

满地的泥泞

吞噬了无数车辙，脚印

接下来是雪

和关于雪的一切

注：本诗作于 2019 年 12 月，发表于《彭城诗派》2022 年第 4 期。

生存之道

小时候，我时常用活着的虫引诱蚂蚁

一只、两只、三只，然后数不清的蚂蚁

狂风暴雨般露出用放大镜照出的野心

台阶或者是山崖，千军万马

只为这原本毫不相干的虫，努力攀爬

突然，生活让我救走了不该死的虫

放了蚂蚁的鸽子

它们收了旗鼓，有序撤退

一场演练，一场生存的课堂

一条黑色的直线

回到了一个黑色的起点

2020 年 4 月 10 日

花的心事

臻园的海棠花落了

粉红色心事铺了一地

女儿奇怪地问，花儿怎么了？

我说，花儿累了，躺着睡着了

芳香散尽并没有离去

而是以躺着的姿态望世界

会有人踩吗？女儿心疼地问

所以黛玉要葬花

要尘封这些娇小的花魂

等来年再浇灌这满园的春

是谁将春色酿成甘甜的酒

醉在花间那一壶的温存

2020 年 5 月 15 日

我种在高处的吊兰

飘香的秀发安静地垂下
笑容，愁眉两种不相干
的事物也垂下
像个婀娜的少女
从天而降，落舞婆娑

一支未盛开的花枝
正抛下遗愿，努力向上伸延
天花板的尽头印着一道彩霞
像桥，像拱，像希望的月牙
我种在高处的吊兰
不折不扣，像千手观音
拂去了那本佛经上的灰尘
——岁月偷走了我的所有
只留下一处孤独的远方

2020 年 6 月

红 船

这是一艘不平凡的船

她的颜色就像初升的太阳，

百年前，几位热血青年

用坚定的信念，扬帆起航

用忘我的豪情，筑梦图强

这是一艘不平凡的船

她劈波的声音既温暖又充满着力量

铲除军阀，赶走列强，

她毅然掀起一波波革命的巨浪，

那些不断迭起的波涛

正把明艳的中国红唱响

在冰冷残酷的绞刑架上

李大钊大义凛然，头颅高昂

用革命者的使命和担当

播撒不灭的火种

试看将来的环球，必是赤旗的世界

你用青春之我诠释不朽的真理

盛世如你所愿，青春之红船不断驶向前方

永不止息的湘江水浩浩汤汤

它在把英烈们的壮举深情歌唱

师长陈树湘为掩护红军过江

带领战士们筑起一道血肉城墙

伤重被俘用尽最后的力气绞断肠

誓死不叫敌人污染高洁的红装

遵义会议挽救了红军，挽救了党

毛泽东把正了革命的航向

两万五千里长征，红旗飘扬

一路播撒火种，艰辛而悲壮

最后一碗米用来作军粮

唯一的亲骨肉送上战场

一辆辆手推车翻山越岭，意气昂扬

红辣椒、红萝卜就着红高粱

忍饥挨饿也不吃咱自家的军粮

全留给前线的子弟兵

他们不饥饿才好打仗

人民大众的丹心使红船融雪化霜

"八一"军旗九州猎猎，

五星旗帜在联合国飘扬

她们都是红船的颜色

她们都践行者红船的信仰

这是一艘不平凡的船

紫荆花温馨，荷花芳香

她们围绕着红船含笑绽放

一国两制是红船的开创

这是一艘不平凡的船

一代代船夫奋勇划桨

全面脱贫，全面小康

神州崛起，震撼四洋

探索宇宙的奥秘

飞入太空的浩茫

问询海底世界

红船谁能阻挡

这是一艘不平凡的船

她的颜色灿烂辉煌

而今更多的热血青年

不负韶华，坚定信仰，

共驾红船，扬帆远航

沿途绿水青山

一路凯歌飞扬

冲破霸凌围堵

朋友遍布四方

伟大的民族复兴

自豪着十四亿炎黄

看吧，赤旗招展的红船

正像巨龙在辽阔的海天

圆梦飞翔，高傲飞翔

飞翔啊，飞翔……

2021 年 7 月

一朵可爱的花

——贺璇紫教育成立十八周年

十八，是一个年轻而宝贵的数字

是一个充满希望和梦想的数字

有一朵花，历经十八年风霜

向着阳光，日渐茁壮

向着彼岸，扬帆起航

曾经，我是一朵孤独的花

在我的世界里也有陆地和海洋

在陆地，我是那棵棵不畏严寒的雪莲花

在海洋，我是那层层不怕礁石的浪花

我盛开的每一朵花瓣都洁白无瑕

现在，我是一朵可爱的太阳花

我会努力，开出漫山遍野，四海八荒

因为你用爱心架起了一座心灵的桥梁

十八，我愿和你一起寻觅花的芳香

你看，她正在我的身体内延伸，直到远方

注：本诗作于 2022 年 11 月，发表于《彭城诗派》2022 年第 4 期。

当我出生与离世的时候

当我出生的时候

有一些人

通过一场酒席

认识我，夸赞我

谈我像谁

议我长大后什么样子

说将来的我会有什么出息

我离世的时候

少了许多但又多了一些人

也是通过一场酒席

夸赞我，怜惜我

指点我应该走什么路子

那样会更好，会更出息

一场葬礼之后，谁知？

会有另一种存在

和另一种世界

旅 行

从一个乡村到另一个乡村

从一座城市到另一座城市

从一个点到另一个点

在此之前，谁会想象

喧嚣和田园什么关联

辛劳和幸福什么关联

旅行，在地球上划了一条线

线的两端可以无限蔓延

直到一头到了天涯

一头到了海角

才发现

旅行，原来画的是一道圆

嵩山之巅

我站在嵩山之巅

一个未经雕琢的自然之巅

傍晚的太阳

我可以毫无伤痛地凝望

满心执着正向整个山脉扩散

我站在嵩山之巅

看到许多云朵和团雾

正吃力地爬过每一座山峦

无数的缆车在一根钢绳的牵引下

轻松地丈量出山之容颜

我站在嵩山之巅

看风在山谷涌来涌去

却能随时吹散缥缈的云烟

我醉意似的微微闭上双眼

一抹深红正清晰地浮现，浮现……

树荫

—— 写给母亲

小时候总感觉

夏季没那么炎热

因为门前有一片槐树荫

那些连着脊的叶儿

被夏风吹得阔了，圆了

他们的影子也是方的，圆的

知了在树荫里唱着夏的歌

后面的砍头螂步履轻盈

却被我们几个调皮的孩子

用细绳拴着，像遛狗一样

围着树荫的边儿转圈、巡场

我们就像秋蝉口中念叨着的黄雀儿

守着不愿落下的夕阳

而现在，有了各种式样的空调

但我依然害怕夏天的炎热

我在努力寻找那种方的，圆的树荫

想再看看母亲在树荫下

搓洗着我不想穿大的脏衣裳

我还会用竹签插着金龟虫的肉体

它震动的翅膀就像风扇一样

顽强地吹去母亲六十岁的皱纹

却也吹去了会讲故事的那片树荫

注：本诗作于 2023 年 5 月 14 日母亲节，发表于《彭城诗派》2023 年第 2 期。

一只蚂蚁爬上了我的天窗

不知什么时候

一只蚂蚁爬到了我的车上

或者是车停在树下的时候

它失足掉到了我的车上

靠边停车，打开双闪

大脑像交警一样命令我的双手

后边的车嘀嘀了我两声

再后边的车也跟着起哄

违停，占道，酒驾……

好像所有的违规被我瞬间占据

这只蚂蚁似乎在哪里见过

它正努力地爬过我的天窗

触角小心翼翼地触摸每一寸

冰凉的玻璃和铁皮

我将它轻轻捏放在手心

它并没有蜇我或者咬我

老茧，像尘封的冰川

迫使它跌了个跟头

起来时，仿佛已同病相怜

迷失于手掌中的几道交通线

2023 年 5 月

初　恋

初恋是羞涩的
那时浪漫的夜空
有数不完的流星
还有一定会实现的
永不老去的海誓山盟

初恋是苦涩的
九月的风是醉人的
彼此会用两行热泪相信
分别是为了遇见更好的

初恋是甜蜜的
回忆会将所有的纯真定格
十八岁的你，十八岁的夜空
那流星划过的每一道白光
使相思的白发消失为永恒

5月20日,写给爱妻的诗

这些年，我习惯用一张

忙碌的，不善言语的键盘

敲下那些渐渐消逝的青春

却总有一些擦拭不掉的灰尘

在键盘的身体里恣意蔓延

它们顺着芯片清晰的脉络

布满我们走过的每一条街道

你洗过的衣物足以堆积如山

却总有一些跑不掉的灰尘

让洗衣机半夜转个不停

直到孩子们的梦话叫醒我的鼾声

它们才悄悄地将疲惫塞进黎明

这些年，我习惯了键盘的敲打声

你习惯了洗衣机的轰鸣

灰尘，在你我相知的手中

被揉成一片爱的风景

2023 年 5 月 20 日

再致友人

哪天我把自己丢了

你们也别找我了

我在广袤的沙漠里

刚刚寻得了一片绿洲

欢喜还没来得及掩盖我的忧愁

狂沙已漫天，醒来成丘

哪天我把自己丢了

你们也别找我了

我的周围正盛开着木棉花

像火一样萦绕着我的热情

请你勇敢地摘下一片火花

去努力寻找爱的天涯

2023 年 5 月 26 日

假如疼痛可以雇佣

祖母身上的疼痛

撕下了夜的伪装

假如疼痛可以雇佣

假如时间回到

她摔倒的前一分钟

我要做个吝啬的雇主

叫疼痛无处求生

我扶着祖母那干瘪的

却又不知疼痛的血管

这里将要滴进几瓶夜的艰难

虽然滴管里的沙漏

被苍老的皮肤堵在半路

我将用我雇主之名

辞退每一种不好的可能

祖母身上的疼痛

是断骨的哀号

是衰老的悲鸣

而我愿倾注所有的黎明

去雇佣亿万种好的可能

2023 年 6 月 16 日

姥姥家，在山黄

在我梦中有一个地方

漫山遍野生长着青松和枣儿

山泉不停地冒出醉人的声响

放羊人喜悦地赶着夕阳

在清脆的鞭声伴奏下放声高歌

——姥姥家，在山黄

我从未见过她

唯有那张泛黄的黑白色照片

岁月的尘风模糊了她慈祥的脸庞

白发是那么清晰，那么明亮

那甘甜的山泉一直在悄悄地告诉我

——姥姥家，在山黄

泉水已在我的身体里流淌成江河

这个村庄还在最初的地方

孕育漫山遍野的青松和枣儿

放羊的人扑了一些枣儿让我尝尝

后来很多只羊儿在听我歌唱

——姥姥家，在山黄

2023 年 10 月

后　记

　　唐代诗人刘得仁《夏日即事》有"天地先秋肃，轩窗映月深"句，本书取名便出于此。秋天是成熟、是收获、是多彩，是在经历了漫长炎夏的煎熬之后，斜倚轩窗，感受与天地、与明月畅谈心扉的凉爽惬意之季！

　　我练习写诗是在 2003 年高考被大学录取之后。记得那时买了本《唐诗三百首》和一本诗词格律，由于不懂平仄且缺乏人生阅历，写出来的都是些"意吟"之作，并多套用古人语句，现在看来着实浅显。步入大学后，我的几位同学都说，"当今有几人读古诗词，现在是白话文的天下，是现代诗的时代"。我当时不解，为何传承千年的格律诗词要丢掉呢？难道唐诗就没有生命力了吗？李白、杜甫、苏轼之诗之魂就要被白话文淹没了吗？带着这些疑问，我怀着一颗好奇心，开始读徐志摩、戴望舒、拜伦、雪莱等中外诗人的作品，并渐渐为之着迷，而且写了起来。不过，写着写着便发现许多诗作就像分了行的散文随笔一样，没有了平仄和严格的押韵要求，没有了抑扬顿挫的诗词特有的韵味。

　　2008 年初，我在网上搜寻到了"江山文学网"，包容的办网理念吸引了我，一时间我的作品迎来了"高产期"。同时心血来潮，在该网站创办了"天涯诗语"社团，结识了许多文友。文友们彼此之间用诗词唱和，好不痛快！四五年间每天工作之余，打开电脑对来稿认真编辑，陶冶于诗情画意之间，一天的疲惫顿时烟消云散。与此同时，我开始练习随笔、影视剧本、小品、诗论等体裁的写作，但毫无出彩之处，至于诗词大多写一些不甚讲究平仄的古体。后来由于工作忙，便托文友管理社团，随后便渐渐离开了，以致 2015 年至 2020 年初，几乎没有留下什么文字。

2020 年金秋，市总工会为了提升企事业职工的综合素质，举办了诸如诗词、舞蹈、书法等系列公益培训班，单位时任工会主席于荣淼同志推荐我参加诗词培训班，我很高兴，兴致勃勃地参与了该班的学习。任教老师恰好是市诗词协会常务副会长兼《徐州诗词》主编徐向中先生。他饱读诗书，对我国的历史、地理以及传统文化有着精道地研究，书法艺术创作也多有建树。他的诗词格律常识课讲解得深入浅出且富有妙趣，尤其讲到对联时，他出了许多简单的上联，让我们对下联，学友们根据他不厌其烦的启发引导，大都进步迅速且对得不错。

2020 年底，市诗词协会领导率团去沛县采风学习，我有幸随团同协会一些老前辈交流请教。沛县诗词协会的诗教办得着实好，学习氛围浓厚，也就从那时起我看到了格律诗词必有大发展的未来，因为大唐盛世诞生了诗词的高峰——唐诗，而今民族复兴的新时代，诗词必将再次腾飞！

记得刚开始写格律诗的时候，会对平仄掌握不够熟练，诗韵书翻来覆去地找。而现在有许多便利条件，比如"诗词吾爱"App，这里边有设置好的平仄格式和韵表，但唯一的缺陷是不支持拗救。我先是用手机对着格式拼写诗句，后来感觉这样写太过机械僵硬，且缺乏真情实感，写了两年左右，逐渐掌握了简单的平仄格式，我便先不管具体每个字的格律要求，而是根据两两平仄相间、"一三五不论，二四六分明"等基本规则进行创作，写完后再进行对照，不合律的慢慢调整，如此练习了一段时间后，对于拗救难题也渐渐掌握了。

近日拜读恩师徐向中先生《游说》一诗："我架春风共一游，不观高地去深沟。底层草木缺温暖，请在贫寒多驻留。"从中体会到，一切文学包括诗歌创作，应怀有大爱情怀，多关注民生，多关注底层，多讴歌新时代发展之变化。只有具备这样的胸襟与大情怀，再将情感融入实景中，融入实事中，表达出自己独特的见解及情感，方为写作之要义！

本书得以顺利编辑出版，完全得益于我的恩师徐向中先生的辛苦审稿以及平时在诗词创作中对我不厌其烦地指导，更要感谢恩师在百忙之中为拙书挥汗作序。

夏至刚过，绿树葱茏，蝉鸣喈喈！我随恩师拜访了徐州市原政协副主席、徐州市书法家协会名誉主席李鸿民先生。李老虽九十三岁高龄，仍精气神极佳，与我们交谈两个多钟头却不见乏意。李老从政四十多年，他亲和地为民情怀，对弱势群体的悲悯之情，对后辈的关爱与提携，都体现出他的气度和胸襟！

交流之间李老听说我正在出书，欣然挥毫书法大作以之嘉勉。李老身为徐州市书法协会名誉主席，书法艺术造诣深厚，作品行云流水间也透出文人的特质及文化的高度修为！作为晚辈，我深深地被征服，心中溢满了敬畏与敬佩！

深挚感谢江苏省书协原副主席、徐州市书协名誉主席王冰石先生惠赠墨宝为本集增色！

非常感谢铜山区文联主席姚建先生为本集惠赠墨宝！

诚挚感谢领导们的提携、同事们的相助！

特别感谢一路真诚相伴的同窗和朋友们。

感谢我的祖父母、父母的无私关爱，妻子的大力支持。

由于本人水平有限，文中会有诸多不足，恳请广大读者和方家批评指正。

本书的出版恰逢我高中毕业暨参加高考二十周年，故谨以此书向那些逝去的充满梦想与磨砺的美好青春致敬！岁月的车轮滚滚向前，留下的一道道车辙静静地守望那一片蔚蓝天空。而令人欣慰的是，回忆是一张永不停歇的时光机，在宇宙中穿梭成永恒！

2023 年 11 月 28 日于臻园